特選ペニー・ジョーダン

刻まれた記憶

JN224188

ハーレクイン・マスターピース

東京・ロンドン・トロント・パリ・ニューヨーク・アムステルダム
ハンブルク・ストックホルム・ミラノ・シドニー・マドリッド・ワルシャワ
ブダペスト・リオデジャネイロ・ルクセンブルク・フリブール・ムンバイ

FOR ONE NIGHT

by Penny Jordan

Published by Harlequin Japan,
a Division of K.K. HarperCollins Japan, 2024

ペニー・ジョーダン

1946年にイギリスのランカシャーに生まれ、10代で引っ越したチェシャーに生涯暮らした。学校を卒業して銀行に勤めていた頃に夫からタイプライターを贈られ、執筆をスタート。以前から大ファンだったハーレクインに原稿を送ったところ、1作目にして編集者の目に留まり、デビューが決まったという天性の作家だった。2011年12月、がんのため65歳の若さで生涯を閉じる。晩年は病にあっても果敢に執筆を続け、同年10月に書き上げた『純愛の城』が遺作となった。

主要登場人物

ダイアナ・ジョンソン……テレビ局勤務。
レスリー・スミス……ダイアナの親友。故人。
マーカス・サイモンズ……富豪。
ジェイン・サイモンズ……マーカスの母。
アン・チャルマース……マーカスの妹。
パティ・デュアー……マーカスのガールフレンド。
ミセス・ジェンキンズ……マーカスの家の家政婦。

1

柩《ひつぎ》に最初の土がひとすくいかけられると、ダイアナはショックのあまり感覚を失ったように脇《わき》へどいた。

暗い墓穴をのぞき込み、彼女は深い悲しみに全身を震わせた。あの柩の中には親友のレスリーが眠っている。十八カ月の間、二人はレスリーのからだをむしばむ病魔とともに闘い、一週間ほど前、ついにその闘いに敗れてしまった。

レスリーが死んでしまったなんて、今でもまだ信じられない。二人は学生時代をいっしょに過ごし、同時に学位を取り、初めての仕事を持った。その後数年間はつき合いがなかったが、レスリーの小説の第一作目が出版されたときに再会した。ダイアナはテレビ局に勤めてトーク番組を担当していたので、レスリーに出演を依頼したのだ。

相変わらず同じような人生観とユーモアのセンスを持ち続けていることがわかり、二人は喜び合ったものだ。作家として独り立ちできるようになったレスリーは、ロンドンに引っ越してくることに決めていて、二人でアパートを買おうということになったのは当然のなりゆきだった。

もちろん、二人にはそれぞれ私生活があった——作家として成功したことを妬《ねた》まれ、二年も続いていた恋人との間がだめになってしまったレスリーは立ちなおろうとしていたし、わたしのほうは……それを考えるとダイアナはため息をついた。

テレビ局に入社したばかりのころ、もの珍しさと興奮に目がくらんでいたダイアナは、プロデューサーの一人にすっかり夢中になった。だが偶然、自分より前にその男の犠牲になった女性から、彼はテレビ局に入社してくる若くてうぶな女の子を誘惑することにかけてはしたたかな腕を持ち、ものにした女性の数を平然と数え上げては仲間と祝杯をあげ、ベッドでのテクニックをことこまかに話して一同を楽しませていると聞かされた。

手遅れにならないうちに相手の本性が見抜けたのでダイアナはラッキーだったが、マスコミ関係の男性に対する強い不信感が残った。彼らが近づこうとするとすぐ、冷たい態度で追い払ってしまう。

レスリーとダイアナは、男性はさりげなく無視して仕事に全力を注いだほうがずっと幸せだという点で意見が一致していた。だが華やかな交際をしようにも、その時間はほとんど残されていないことに二人とも気づいていなかった。引っ越してきて数週間後に、レスリーの病気の最初の兆候はすでに現れていたのだ。

初めのうちレスリーは何も言わなかったが、目に見えてやせ衰えていった。そしてついに、体重の減少についてダイアナに話さざるを得なくなった。

消化不良でも起こしているのだろうと思っていたが、現実は想像していたよりずっと悪かった。

ある晩、悲しげな泣き声に目を覚ましたダイアナは、レスリーの部屋へ行ってみた。最初はなんでもないと否定していたが、レスリーはとうとうダイアナにすべてを打ち明けたのだった。

しばらく前から体調がすぐれず、疲れやすくてだるさが続いていたので、初めは失恋ときつい仕事のせいだろうと思ったのだという。医者に診てもらったところ、大きな病院で検査を受けるように言われ、その結果は明白だった。白血病にかかっていたのだ。

二人はその夜遅くまで話し合った。レスリーは病気の見通しについてすっかり話してくれた。レスリーには身寄りがなく、彼女を育ててくれた伯父と伯母も、彼女が学生時代に飛行機事故で亡くなっていた。完全看護の私立のホスピスを探すことにしたというレスリーに、ダイアナは強く反対した。

二人は友達なのだ。そしてこれからも友達でいたい。わたしがレスリーの面倒を見よう。

それは想像以上にたいへんなことだった。病院の医師からは入院させるようにと何度か言われたが、親友の不安と苦痛を思い、ダイアナはそれを断った。彼女はレスリーを自宅へ連れて帰り、自らの手で看病した。

込み上げてきた涙で目がくもった。ダイアナが初めて友人のために流した涙だった。つらさと怒りのほうがはるかに大きく、泣くに泣けなかったのだ。レスリーが死んでしまったなんて、こんな不公平な、こんな不合理なことがあっていいのだろうか。まだあれほど若く、あれほど前途有望な人だったのに。

ダイアナは冷たい風に身震いした。今は四月。長くて寒い冬のあとで、春に向かってようやく大地は目覚め始めていた。自然が生気を取り戻そうとしているときにレスリーが死んでしまうとは、なんという皮肉だろう。

だれかに腕をさわられ、ダイアナははっと振り向いた。牧師が同情するようなまなざしをこちらに向けている。

「ここに立っておられては寒い。牧師館でお茶でもいかがです……」

ダイアナのほかに参列者はいなかった。レスリーがそう望んだのだ。身寄りのないレスリーには、もしほかに来てくれる人がいたとしても、友人か文壇の仲間くらいのものだっただろう。

ダイアナは牧師の誘いを断りかけたが、うなずいた。一人きりになりたくなかったのだ。がらんとしたアパートへ戻ることなど、できそうになかった。

法律上のこまごまとした手続きはすでに済んでい

た。レスリーに頼まれていたので、弁護士に連絡を取ってあった。ダイアナは、喉に込み上げてきたものをぐっとこらえた。レスリーがダイアナを唯一の遺産相続人としていたことは、すでに知っていた。二人はそのことで口論したことがあった。財産は医療研究機関に寄付したらどうかとダイアナは言ってみたが、レスリーはかぶりを振った。

「ぜひ、あなたに受け取ってほしいの」レスリーはかたくなに言ったものだった。どんなささいな口論であろうと弱っている体力をひどく消耗させることがわかっていたので、ダイアナは折れるしかなかった。

　今日の午後遅く、弁護士のミスター・ソームズと会う約束になっているが、今はそのことを考えたくはなかった。何も考えたくはない……何も……。

　ダイアナは向きなおると牧師のあとについて歩き出したが、立ち止まってもう一度振り返り、レスリーに永遠の別れを告げた。

　レスリーの弁護士は――今ではダイアナの弁護士だ――ロンドンでも老舗《しにせ》の弁護士事務所に所属し、レスリーの処女出版の際、まわりからすすめられた人物だった。

「ミス・ジョンソン、どうぞお座りください。ミス・スミスの遺言状の中身については、もうご存じだと思いますが、あなたが唯一の遺産相続人です」弁護士の告げた金額に、ダイアナは驚きのあまり息をのんだ。「それに、ミス・スミスと住んでおられたアパートもありますな。半分ずつ所有しておられたわけだが、今は当然あなた一人のものです」弁護士は書類を下に置くと、眼鏡越しにじっとダイアナを見つめた。「ミス・ジョンソン、ひとこと忠告めいたことを申し上げるとすれば、この遺産を利用して新しい生活を始めることです。親しい人を亡くしたばかりのかたに、ふつうこんな忠告はしません。見慣れた品やなじんだ場所というなぐさめにすがりつくことも必要ですからね。しかしあなたの場合は……」

ダイアナは出し抜けに立ち上がった。ミスター・ソームズの言わんとすることはわかっていたし、そのとおりだと思わないこともなかった。早くも、だれもいないアパートに帰るのを恐れ始めている。レスリーがもうそこにはいないからではなく、あのつらい最後の何週間かの絶望的な悲しさが、部屋じゅうを満たしているからだ。中に足を踏み入れることすらできそうにない。

弁護士と握手を交わしてオフィスを出ると、ダイアナは四月のまばゆい光の中へ歩き出した。とっさにタクシーを呼び止め、ロンドンの一流ホテルの名を告げた。

今夜はあそこで過ごそう。あそこでならひと息つけるだろう。レスリーの主治医から睡眠薬をもらっていたが、まだ使わずにあった。すべきことが山のようにあり、あまりにも忙しかったのだ。レスリーの衣類の整理や……そのほかにもいろいろと。だが今はただ眠りたかった。だれのものでもないホテルの部屋が、今のダイアナには願ってもない理想の場所だった。

ホテルのロビーはにぎやかだった。会議がありますので、とフロント係が教えてくれた。そのあわただしさのせいか、だれもダイアナが荷物を持っていないことに気づかないようだ。ひとつだけ空いていたとてもきれいな部屋へ、すぐに案内された。

部屋に入るとカーテンを閉め、受け取った鍵《かぎ》でミニ・バーを開けてみた。

従業員はよほど忙しかったのだろう。バーからは何本か飲み物が取り出されていたが、補充されていなかった。テーブルにはグラスもそのまま置いてある。ダイアナは気にも留めず、ジントニックをたっぷりと注《つ》ぎ、バスルームへ持っていった。

睡眠薬を手に取り、顔をしかめながらジントニックでのみ下した。アルコールと睡眠薬をいっしょに飲むのは、分別のあるやり方とは言えなかったが、今は分別のある行動をとる気分ではなかった。

ダイアナはアルコールと薬が効いてくるまで浴槽につかり、やがてそこから出ると、からだを乾かすこともせずに厚手のバスローブをはおった。

カーテンを引いた寝室は窓からのやわらかな光のせいで、水面下のような不思議な効果を上げている。ダイアナはベッドに横になって目を閉じ、眠りが押し寄せて、やがてその深みへ引きずり込まれるのにまかせた。

マーカス・サイモンズは腕時計を見やり、顔をしかめた。会議は思っていたより長引き、そのあとの集まりがディナーにまでずれ込んでしまったのだ。もう夜中の一時を過ぎていて、今にもばたりと倒れて眠ってしまいそうだ。

ロンドンに出てくると、いつもこんなことになるのだ。ロンドンで仕事をしていたころは、この街を活気があって刺激的だと思っていた。だが今はただ、農場へ戻りたい一心だ。

十年前、伯父の農場を受け継いだときには、独力で農場を経営しようなどという考えはまるでなかった。婚約者のサンドラも同じ考えだった。タクシーがホテルの前に止まると、マーカスは苦々しげに口もとをゆがめた。

サンドラは農場を売ってほしいと言い、マーカスが断ると、さっさと婚約を破棄してしまった。あのときは心が傷ついたが、世間のことがわかってきた今になってみると、結婚しないでよかったと思う。サンドラと別れたあと、女友達は一人ならずいたが、深いつき合いではなかった。

マーカスはロビーを大股で横切った。彼は豊かな黒髪の背の高い男で、灰色の鋭い目をしている。農民には見えない。チャコールグレイのストライプのスーツや、身にそなわった落ち着きが、成功した人間であることをはっきりと物語っている。

農業経営者会議に出席するための今回のロンドン出張は、なんとなく気が重かった。ここへ来るといろいろなことを思い出してしまうのだ。都会は、サンドラと愛し合っていたころのことを思い出させる。あのころはまだ若かった。若かったうえに恋をしていた。

三十歳もとうに過ぎた今、自分自身に対しても女性に対しても皮肉な見方をするようになり、恋とセックスはなんの関係もないことがわかっていた。最後に女性とベッドをともにしてから、ずいぶんたっている。マーカスはディナーの席で主催者夫人のつけていた香水に思わず男心をそそられたのを思い出し、苦々しく考えた。

長く厳しい冬だったため、女性と遊んでいるひまなどはなかった。しかし今夜、エキゾチックな女らしさに五感をくすぐられ、豊かな胸や腰にしなやかにまといつくシルクのドレスに強調された夫人のえも言われぬ姿に気づくと、やわらかで温かな女性の肌がにわかに欲しくなった。

しかし、金を払わなければならない女はごめんだ。エレベーターのボタンを押して中へ入りながら、マーカスはうんざりしたように思った。いそいそと喜んでベッドをともにしてくれる女性なら、知り合いの中にたくさんいることはわかっていた。だが残念ながら、その女性たちはこのホテルにはいない。

エレベーターが止まり、マーカスは降りた。淡い照明が廊下を照らしている。長い廊下を歩いていき、ひとつひとつルームナンバーを確かめて、ようやく自分の部屋を見つけた。鍵穴にキーを差し込み、ドアが開いたことを示すパネルの明かりがつくのを待った。

カーテンが閉まっているのを見て、一瞬どきりとした。閉めた覚えはなかったが、ベッドをなおしに来たメイドが閉めていったのだろう。手さぐりでライトのスイッチを捜して押した。まぶしいほどの光が部屋じゅうに広がった。

だれかがベッドに寝ている！　マーカスは、タオルにくるまった人物を見定めようと目を細めた。見えるのは、薄いピンクの足の爪と琥珀《こはく》色の豊かな髪だけだった。

ベッドの上の人物がかすかに身動きした。マーカスは腕組みをして閉めたドアに寄りかかり、落ち着いて待つことにした。

ダイアナはひどく喉が渇き、目に痛みを覚えた。いったん目を開けたが、ライトがまぶしすぎて、またすぐ閉じてしまった。

いったい、わたしはどこにいるのだろう？　身動きをして寝返りを打ち、睡眠薬のせいで頭にかかったかすみを突き破ろうとした。

今度はもっとゆっくり目を開けてみた。かすみが急速に晴れ、自分を見つめている男が目に入ると、驚きのあまり大きく目を見開いた。たちまち恐怖にからだを貫かれた。あわてて起き上がろうとし、バスローブをかき合わせて、やっきになって電話を捜した。電話はベッドの向こう側にあり、ダイアナより相手のほうに近かった。

いったいだれなのだろう？　どうやってこの部屋に侵入したのかしら？　頭がおかしいのだろうか？　だが、そんなふうには見えない。

ダイアナは勇気をふるって声を出し、しゃがれた声で尋ねた。「いったい……だれなの、わたしの部屋で何をしてるの？」

一瞬の沈黙のあと、男は平然として言った。「驚いたな。それはこっちのせりふだと思ったがね」

相手の言葉が頭に入るのにしばらく時間がかかったが、意味がわかると急に安心感が押し寄せた。男は部屋へ侵入してきたのではなく、まちがって他人の部屋へ迷い込んでしまったのだ。ダイアナはほほ笑みかけたが、その金色の瞳の眠たげなやさしさが相手に与えている効果には、まったく気づいていなかった。

何者にせよ、この女性には品がある――マーカスはむっつりとした面持ちで思った。ごくふつうの夜の女でないことは確かだ。いったいどうやってこの部屋へ入り込んだのだろう？　ホテルの従業員の手引きでもあったのだろうか――そういう話はまったく聞かないわけではないし。でなければ、まちがってこの部屋へ来てしまったのだろう……。

「あなたの部屋のはずがないでしょ。今日の午後、わたしが自分で部屋をとったんですもの、ほら見て」ダイアナはベッドから出るとハンドバッグを取り上げ、宿泊カードを見せた。

一瞬マーカスは納得しかけたが、やがてふと思い出した。作りつけの戸棚の方へ歩いていくと、扉を開けて中につるしてある服をダイアナに見せた。

「きみの部屋だと言うのなら、荷物を開けたとき、どうしてぼくの持ちものに気づかなかったんだい？」

ダイアナは使いさしのグラスや開けっぱなしのミニ・バーのことを思い出したが、すでに手遅れだった。あのときに気づいているべきだったが、ひどく神経が高ぶっていて、できるだけ早く眠りたいと思う一心で、ほかのことは何ひとつできなかったのだ。今でもまだ頭がぼんやりとしていて、考えがまとまらない。

「ところで……きみの荷物は？」

「荷物は持ってこなかったわ」相手に見つめられると、ダイアナは顔が赤らむのを感じた。男のあざけるような灰色の目を見れば、何を考えているかは明らかだ。

　なんということだろう、彼はわたしのことを娼《しょう》婦《ふ》だと思っているのだ！

「ちょっと待って。あなたが考えてらっしゃるようなことじゃないの。わたし……ふいに思いついてホテルに部屋をとっただものだから。今日……とても愛していた人を亡くしたんです。葬儀のあと、二人で住んでいた部屋へ帰る気になれなくて、それでここへ……」

　この女は本当のことを話している。その表情からも声からもそれがわかる。マーカスは急に失望を覚えた自分に驚いた。ぼくは彼女にベッドの相手になってほしいと思っていたのだろうか？　好みのタイプですらないではないか。ぼくは小柄な曲線美のブルネットの女性が好きなのだ。こんなふうにやせっぽっちで脚ばかり長い、琥珀色の髪に黄褐色の目の女性は好みではない。

　彼女はだれか愛していた人を亡くしたと言った。きっと恋人だろう。突然激しい嫉妬《しっと》の痛みに貫かれ、マーカスは我ながら驚いた。ディナーの席で感じていたことが、今でも頭に引っかかっているのだろう。自分はこの女が欲しいのではない。ただ女でありさえすれば……どんな女性でもかまわない。

「いいですか、お嬢さん。ここはぼくの部屋だ。それにもう眠りたいんでね」

　ダイアナは途方に暮れたように相手を見つめたが、そのとき、最後のひと部屋が空いていてよかったですねとフロントで言われたのを思い出した。

「さあ、きみには帰る家があるんだろう。こっちにはないんだ……少なくとも、このあたりにはね。タクシーを呼んであげようか……？」

あのアパートで独りぼっちで過ごせというのか？　ダイアナは身震いした。どうしてもできない、今夜だけは。

「いや、お願い……わたし……」

お願いか。今にも泣き出しそうな訴えを聞くと、マーカスの目が陰った。

じっと見つめている男の表情は、ダイアナにも容易に読み取れた。彼はわたしが欲しいのだ。背の高い黒髪の、まったく見知らぬこの男が、わたしを求めている。

ふつうなら、ダイアナはここで踵《きびす》を返して走り去っているところだった。男性の欲望には慣れていたし、二十五歳の今まで言い寄ってくる男性の数は人並み以上にあったが、男性がいかに残酷になりうるかを知ってからは、ことごとくはねつけて距離を保ってきたのだ。それなのに、今からだがやわらかくとろけ出してきたのはなぜだろう？　相手の男が頭の中で、タオルのローブを脱がせ、その視線で裸身を愛撫《あいぶ》しかかっているからだろうか？　この男に近づいて、欲望の渦の中で我を忘れたいという衝動を覚えるのはなぜだろう？

ダイアナは、セックスだけが与えてくれる生のほとばしりを実感したいという、抑えようのない欲求を覚えた。わたしは、それをこそ求めていたのだ……親しい交わりが、新しい生が、どうしても必要だった。死は征服され、最後には生が勝利をおさめることを、自分に証明してみせるためだけにでも。

この見知らぬ男に抱かれれば、この数週間に受けた心の傷を忘れることができるだろう。生命をたたえ、自分を取り戻し、もう何カ月も味わったことのない生きているという実感を味わうことができるだろう。

ほかのときだったら、そんな自分の考えにショックを受けただろうが、今はごく自然で当然なことのように思える。

　女のまなざしに、マーカスは心の中まで見すかされているような気がした。彼は相手の唇を見つめた。彼女の唇は半ば開かれ、かすかに震えている。バスローブがからだの輪郭を隠しているが、マーカスは突然それをはぎ取ってやわらかなからだを腕に抱きしめたくなった。

　彼はけんめいに自分を抑え、いくらか耳ざわりな声で忠告した。「ここにいてもいいが、そうなったらきみとベッドをともにするしかない……それでもいいんだね？」

　夢うつつのうちに、ダイアナはハスキーな声で答えていた。「いいわ」これでもう後戻りはできない。一歩近寄ると、男が低い声でうめくのが聞こえた。全身を突き抜ける強烈な欲望にかき立てられ、ダイアナがローブのサッシュをほどくと、ローブはからだからすべり落ちた。

　いったいわたしは何をしているのだろう？　これまで、こんなことをしたことはなかった――どうかしてしまったにちがいない。だが、もう手遅れだった。ダイアナは男の腕に抱かれ、男の手が彼女の肌をまさぐり、押しつけられた唇は激しくくちづけを求めていた。

　男はいったん唇を離すと、ダイアナの耳もとに短くささやいた。「きみがだれか知らないし、どこから来たのかも知らない。今しようとしていることはぼくの信条に反するが、自分を抑えることができない。きっと朝になればひどく後悔するだろうが、今はただきみにこんな気持にさせられているということだけが大切なんだ」

　男の言っていることは、ダイアナとて感じていないことではなかった。なぜこんな行動に出たのか、自分がどんな気持でいるのか、説明できなかった。説明などできるだろうか？　二人は他人同士なのだ。

それぞれに相手が欲しかった——そして今夜が過ぎれば、もはや二度と会うこともないだろう。

彼はダイアナを抱き上げてベッドに運び、そっと下ろした。そして素早く服を脱ぎながらも、一度も視線を彼女からそらさなかった。

男のからだはたくましく、肌はなめらかで固く引きしまっている。ダイアナは、畏怖《いふ》の念と激しい喜びに満ちたまなざしで相手を見つめた。

今、ダイアナはからだの奥深くで、新たな生の創造に向かって本能が執拗《しつよう》に疾走しているのを感じた。さながら羽化しかけた蛾《が》か、あるいは炎に焼かれてよみがえりつつある不死鳥に似ていた。

これが必要だったのだ……肌と肌を重ねるこのときめき、激しい血のざわめきが。男が自分を見つめ、あらわになった全身に視線を注ぎ、まるで肌をじかに愛撫するようなまなざしを向けてくると、熱い刺激に肌が燃え、今ここでこの男を欲していることをダイアナは自分でも認めた。

「こんなことをするなんて頭がおかしくなったにちがいない！」

彼の思いはそのままダイアナの思いでもあった。だが熱く激しく求める男の唇と、とろけるように誘う彼女の唇は離れなかった。

男はダイアナの思いもしなかったような激しさで、むさぼるようにくちづけをした。なぜかこの男にとって、セックスは習慣的なごくありふれた生活の一部だろうという気がしていたが、くちづけの感触や肌に触れる手の荒々しさが、そうではないことを物語っていた。

彼にくちづけをされると、突然興奮と期待の渦が神経の末端まで駆けめぐったが、それも思ってもみないことだった。男性とベッドをともにしてレスリーの死の恐怖とつらさから抜け出したいという気持はなんとか理解できたが、ほかでもないこの男に覚えた欲望は、とうてい理解できなかった。

ダイアナがわずかに緊張してからだを引くと、男が喉の奥でうめくように言うのが聞こえた。「だめだ、今になって心変わりをしたとは言わせない。こんなにまできみを欲しがらせておいて」

しかしその言葉とは裏腹に、ダイアナの胸をすべり下りてまろやかなふくらみに触れた手はためらいがちで、彼女がやめてほしいと言うのを待っているかのようだった。男の親指が胸の先端に触れると、激しい欲望がからだを突き抜けた。思わずもらしてしまった声を聞き取ったとき、相手の瞳が勝ち誇ったように輝いた。

「よかった？」

彼が再び愛撫をくり返し、胸の頂に荒々しくキスすると、ダイアナは小さく身を震わせた。

情熱の炎に——興奮の槍《やり》に全身を貫かれ、ダイアナは声をあげて夢中で相手にしがみつき、跡がつくほど男の肩に爪を立てていた。小さな汗の玉が肌を湿らせ、ベッドサイドのやわらかな照明に輝く。

「きれいだ……今までに出会った女性の中でいちばんきれいだ」

酒か麻薬にでも酔ったように、その言葉は弱々しく不明瞭《ふめいりょう》で、ダイアナの胸のふくらみを唇で愛撫し続けながらも、男の息づかいは震えていた。

彼に触れられると、ダイアナはこれまで知らなかったほど大胆になった。爪を立て、しがみついて求めたかった。ひたすら彼が欲しかった……。

ダイアナは汗に濡《ぬ》れた男の背に両手をすべらせ、頭を胸もとに引き寄せた。その無言の要求を相手が正しく判断すると、鋭い歓《よろこ》びの声が深い沈黙を破った。

与えられる歓びがつのり、ほとんど耐えきれなくなったダイアナが夢中で男の肌に歯を当てると、はっきりとした反応に彼のからだが震えた。

男の熱いからだが誘いかけ、ダイアナの血潮にも火がつき、駆り立てられた欲望の充足を願ってうずいた。

男に導かれ、今度はダイアナが愛撫した。だがどれほどすばらしくても、序曲をいつまでも引き延ばしてはいられなかった。二人はおたがいの肉体を賛美し合うだけで満足する恋人同士ではなく、同じ欲望に駆られて本能の充足を求める男と女だった。

相手を迎え入れると、ダイアナは抑え難い歓びに満たされた。無意識のうちにからだを動かし、はっと息を吸い込む男の気配を聞き取って、容赦ない男の抱擁に酔いしれた。

予想に反して、ダイアナはなんの痛みも感じなかった。初めての経験ではないかのように、歓びにあふれて相手を迎え入れた。

二人はきらめく頂を目差し、欲望の絶頂をきわめて分かち合い、マーカスの解き放たれてくぐもった声と、歓びにすすり泣くダイアナのハスキーな声がひとつになった。

事は終わった。呼吸を整えようと横たわったダイアナのまわりで、世界は再び元の状態に戻った。肉体の満足感のあとに疲労感が訪れ、このうえないけだるさに、彼女はたちまち深い眠りに落ちていった。

マーカスは思いにふけったように女を見下ろした。今しがた、かつて味わったことのないほど強烈な歓びを覚えたというのに、もうこの女は眠っている！

そのとき初めて、マーカスは現実を突きつけられた。この女は、死んだ恋人の代用品として自分を利用しただけなのだ。氷のように冷たい池に投げ込まれたような気がする。水面上に顔を出すと、まったく頭が混乱していた。男が女を奪い、追い求め、利用して、犯すものだ。なぜ、まるで自分が利用されたような気持を覚えるのだろう？　自分の人生はもう二度と元に戻らないだろうという、この不安感はどうしたことだろう？

　二人は肌を重ねた――それだけのことではないか。この女の名前すら知らない。彼女は一個の肉体にすぎない――とても美しくセクシーなからだだが――しょせん一個の肉体にすぎない。こんなふうに感情的になり呆然《ぼうぜん》と横になっているのは、正気の沙汰《さた》ではない。もっと現実的なことを気にかけなくてはならない。マーカスは手を伸ばし、女の乱れ髪を耳の後ろにかき上げてやらずにはいられなかった。眠っている女は、まるで少女のように見える。

　女が何かつぶやき、寝返りを打った。シーツがすべり落ち、マーカスの愛撫のせいでまだ赤みを帯びている胸のふくらみがあらわになった。

　激しい震えを抑え、マーカスはもう一度女におおいかぶさったが、やがて身をひるがえしてベッドを下りた。パジャマは着ていなかったが、バスルームにもう一着ローブがある。それを着て、寝室の安楽椅子を厳しい決意で見やった。

　一夜には充分すぎるほどの愚かな行為をしてしまったのだ――残りの時間はあの椅子で過ごそう。そうでもしなければ何が起こるかわからない。なんとも愚かなことをしてしまった。潮時を見はからい、あの女を追い出すべきだったのに。

　意に反して、先ほど女の瞳に映った悲しげな表情を思い出している。愛していた者を失うというのは、ひどい悲しみにちがいない。可能なかぎりいちばん原始的な方法で生にしがみつきたいと思ったからといって、だれがこの女を責められるだろう？

　今夜の出来事については、どちらに罪があるわけでもない。別のときであれば事態もちがっていただろう。二人は他人として出会い、他人として別れなければならない――それがおたがいのためというものだ。農場には自分の責任でやらなくてはならない問題をたくさんかかえており、別の男の死を嘆き悲しむ女などにかまってはいられない。女が目を覚ます前にここを出よう。二度と会うこともないだろう。

　マーカスは、自分の決心が正しいことはわかっていたが、心のどこかでは女を手放したくない気がしていた。心の片隅に、この女をしっかりとつかまえておきたい気持があった。そして……。

　そして、どうしようというのだ？

　いや、なんでもない。マーカスは強く自分に言い聞かせた。

2

「そうだな、ダイアナ、自分の気持は自分がいちばんよくわかっているだろうが、わたしとしてはやはり驚きだよ。このサザン・テレビジョンで、ずっとうまくやってきたじゃないか。きみが小さな田舎町に引っ込んで本屋を経営するというのは、なんだかぴんとこないがね」

「わたしはここへ入社する前に図書館司書の勉強をしましたし、両親も田舎に住んでいましたから」ダイアナは上司に念を押すように言った。

「なるほどね」

　上司がいくらか困惑している様子に、ダイアナは驚いた。

「ご両親の近くにいたいということなんだね？」

ダイアナはかぶりを振った。両親は兄や孫たちのそばに住むため、六カ月前にオーストラリアへ移住しており、ロンドンのアパートを売ってヒアフォードシャーの小さな町で新しい生活を始めるという彼女の決心とはなんのかかわりもなかったからだ。

「いいえ、そういうわけではありません。ただ、そろそろ自分にとって転機だと思うものですから」そう言いながらも、ダイアナは反対側の壁にかかった鏡を無意識にちらっとのぞいた。腹部はまだ平らで、全体も以前と変わりなくほっそりとして見える。これで妊娠三カ月だとは、だれも思うまい。

罪悪感が突然痛みとなって走り抜け、ダイアナはいらだたしげに下唇を噛《か》んだ。やがて母親となることにショックを覚えて当然だ。だが、ダイアナはショックは感じなかった――とうていそんな気になれなかった。おかしなことだが、とてもすばらしい贈り物を与えられたような気がするのだ。

見知らぬ男とベッドをともにし、その男の子供を身ごもるなどということは、ダイアナのこれまでの生き方とはあまりにもかけ離れており、本当にあんなことがあったとは今でも信じられないくらいだ。

事実、あの朝ホテルの部屋で目覚めて男の姿が見えず荷物もなくなっているのに気づいたとき、とっさに思ったのは夢にちがいないということだった。だが、自分のからだの変わってしまったことが、目には見えないがはっきりとわかった。

妊娠の可能性は夢にも考えなかったので、吐き気やだるさはレスリーの死による後遺症だろうと思っていた。別のことが原因かもしれないと、ひかえめに言ったのはコープランド医師だった。

医者はダイアナがこの妊娠を喜ばないだろうと思っているようだった。なんといっても独身で、一人暮らしのキャリアウーマンなのだ。だが、実際にダイアナが感じたのは、ほかのことはいっさいどうでもよくなってしまうほどの大きな喜びだった。

　おかしなことだが、それまでは将来自分が子供を持つかもしれないなどと考えたことはなかったし、もし子供を持ったとしても、それが自分の人生にどんな役割を果たすのか考えたこともなかった。しかし今は、これまでの人生をただひたすらこの新しい生命のために生きてきたような気がして、どうしても守ってやりたかった。

　仕事をやめてまったく新しい生活を始めるという結論には、難なく達した。ロンドンでは自分の望むような子育てはできない。それにレスリーの遺産のおかげで、一人で生活していくことができる。

　しかし、まったく新しい生活を始める決心をすることと、それを実行することとは別問題だった。ダイアナはふと思いついて、弁護士のミスター・ソームズのところへ相談に行ってみた。

「ふうむ。世間からすっかり引っ込んでしまうのは賛成できませんね。一人でもやっていける小さな商売などはどうかな……」

「テレビ局では記録係ですし、商売をした経験はありませんから」ダイアナは口をはさんだが、ミスター・ソームズは聞いてはおらず、何か考え込んだように彼女を見つめていた。

「そうだ、ミス・ジョンソン。いい解決法がありそうだ。つい最近、友人の代理で遺産共同管理人がやって来ましてね。わたしはヒアフォードで育ったもので、今でもあちらとはいくらかつながりがあるんですよ。わたしの依頼人はヒアフォードシャーの市場町《マーケット・タウン》で小さな本屋を経営しておりました。そのご婦人が数カ月前に亡くなり……相続人がいないので、建物は売りに出されることになったんです。ただ、住まいも店舗も文化財指定の建物なので、改築や増築にはいささか制限があるが」

　ダイアナは口をつぐんだまま相手の話を聞いていた。本屋とは考えてもみなかったが、テレビ局に勤務していた経験から、マーケティングや販売のテクニックには眼識があった。

　ダイアナの胸の中に、興奮の小さな炎がともった。

「わたしが本屋を引き継ぎ、建物を買い取ってはどうかということですのね？」

「ヘプルトン・マグナはワイ川のほとりのとてもきれいなマーケット・タウンです。もし興味がおありなら、物件を見に行かれるよう手配してもいいですよ」

　ダイアナは素早く考えをめぐらし、勇気がなくなってしまわないうちに心を決めた。

「ぜひ見てみたいわ、ミスター・ソームズ」

　ダイアナはオフィスを出る前に、その週の週末に弁護士といっしょに物件を見に行く手はずを整えてしまった。

　三日後に二人は出かけた。ダイアナは、ヘプルトン・マグナとその周辺がひと目で気に入った。

　町といっても大きな村といった感じで、広場の周囲をアン女王朝様式の赤れんがの建物が取り囲み、出窓のあるチューダー様式の家がぎっしり立ち並んで、狭いでこぼこ道が広場から外へ延びていた。目差す本屋は、そういう小道のはずれにあった。

　店の中に入ると、どの部屋もほったらかしの様子だったが、ミスター・ソームズによれば、亡くなった気位の高い老婦人は、友人にも手助けをさせなかったのだという。

　それでも、ダイアナはすっかりその場所が気に入った。不思議なことに建物のほうで両手を広げ、ダイアナを歓迎しているように思えた。

　ここできっと幸せに暮らせるだろう、わたしも子供も。

家は三棟続きの真ん中にあり、広い裏庭は川まで続いている。川の向こうにはどこまでも野原が広がっていた。この地域に学校やその他の施設も充分にあることは、すでに確かめてあった。子供と二人でここに落ち着き、しっかりと根を下ろすことができるだろう。もの思いにふけっていたので、ミスター・ソームズの話はほとんど聞いていなかった。聞いていなくても問題はなかったのだ。ダイアナはもう決心していた。手配が済み次第、すぐにもここへ引っ越してくるつもりだ。

ロンドンへの帰り道、ダイアナはふと、レスリーがここにいてこの胸のときめきを分かち合えれば、と思った。ダイアナの瞳は一瞬悲しみに陰ったが、次の瞬間には、もしレスリーが死ななかったら、こんな計画は立てなかっただろうと考えた。計画を立てる原因となった子供がいなかっただろうから。この子は亡くした友人の代わりに、神が授けてくれたのだ。子供を身ごもったいきさつについて、罪や後悔は感じない。あの夜のこともあの男のことも、ダイアナは心から締め出してしまっていた。自分のために設計した新しい生活には、それらの入る余地などなかった。二人は他人として出会い、他人のまま別れた。自分の柄に合わないことをするのは、あれが最初で最後だ。ときどき、あの夜は何か自分よりも力の強いものに操られていたのかもしれないと思うこともある。確かに、それまであんなことをしようと思ったことはなかったし、これからも決してないだろう。それに、妊娠したいと思ったことも一度もなかった――だが事実はこうして身ごもってしまった。ダイアナはそっと腹部に手を触れ、ミスター・ソームズの方へ向きなおった。

「できるだけ早く手配していただけます？」

「ええ、お気持が固いようなら。もちろん共同管理人の同意を得なければなりませんがね。できるだけ早く連絡を取ってみましょう」

ダイアナは聞いていなかった。この建物はきっとわたしのものになる。本能的にそれがわかっていた。ちょうど子供を身ごもったのと同じように、そういう宿命なのだ……。

ヘプルトン・マグナへの引っ越しは、とどこおりなく片づいた。

レスリーと住んでいたアパートは、現代風な家具とともに売ってしまった。手もとに残したのは、写真や形見の品だけだった。子供には、レスリーのことを知って育ってほしかったのだ。

すでに衣類やこまごましたものはヒアフォードシャーに送ってあったので、ダイアナは車に乗り込む前にアパートの窓の下に立ち、最後の別れを告げた。

一条の光が薬指の金の結婚指輪に当たってきらりと輝き、ダイアナは苦笑に口もとをゆがめながらそっと触れてみた。

未亡人を装うのはよくないことかもしれないが、片親がごくありふれたものと見なされるロンドンと、田舎とでは事情がちがう。ヘプルトン・マグナはきわめて老人人口の多いところなので、陰口をたたかれながら子供を育てたくなかった。

もちろん、子供が父親のことを尋ねる日がいつかはくるだろう。なんと答えたらよいのか、まるっきりわからない。あの夜ダイアナを駆り立てた力をだれかにわかってもらうのは、容易なことではないだろう。自分でもはっきりわかっているとは言えなかったし、あのふるまいに走った動機の少なくともいくぶんかは、睡眠薬をのんだうえにたっぷりジントニックをあおってしまったことにあるとときどき思いたくもなる。

今ではそんなことはたいしたことではない。もう起こってしまったことなのだ。もうすぐ新しい生活を始めようとしている。過去はすっかり水に流す時期だった。

ヒアフォードまでの道のりは急がなかった——なんといっても時間だけはたっぷりあったからだ。車から降りてゆっくり昼食をとり、新居にはその日の午後に着いた。テレビ局での仕事がきつかったので、ロンドンを発《た》つ前に新居のために家具をそろえたり内装をしたりするひまがなく、あらかじめ小さなホテルに二週間の予約をしておいた。

買い取った建物は文化財指定になっているので改装はすべて規則に従わなければならなかったが、幸いこちらの要望にこたえてくれそうな改装専門の地元の建築業者が見つかっていた。

どんな家にしたいのか、ダイアナにははっきりとわかっていた。建物は三階建て、きれいで広々とした居間にダイニングキッチン、それに大きな寝室が二部屋という構成で、たっぷりとスペースがありそうだ。

このところの自由で幸せな気分はホルモンの変化によるもののようだが、レスリーのことを思うと申しわけない気がする。もちろんレスリーも、わたしが幸福になることを望んではくれるだろうが。おなかの子供も新しい生活も、運命が授けてくれた思いがけない贈り物だ——そういうものとして考えなければ。

予約した地元の小さなホテルもアン女王朝様式の建物で、隣は牧師館だった。そのまた隣は教会と町の小さな学校だ。

ダイアナの部屋からはホテルの裏手が見渡せた。広い庭のはずれには川が流れている。

部屋に備えつけの四柱式のベッドは、大きくてほら穴のような感じだった——ダイアナは苦笑しながらベッドを眺めた。これは恋人たちや夫婦のためのものだ。

寝室の向こうには、バスルームと小さな居間があった。食事はこの続き部屋でとることもできるし、階下のダイニングルームでとることもできる。

スーツケースの中身は片づけ終わったが、もう一度食事をするほど空腹ではなかったので、代わりに町の周辺を散歩してみることにした。

ゆっくり歩いていくと、狭い路地の奥まったところに、興味をそそられるたたずまいの婦人服の店があった。まだ体型はほとんど変わっていないものの、これからしばらくはファッショナブルな服を買うこともないだろう。

ダイアナは育児用品や子供服を売っている店の外で、しばらく足を止めた。

昔ながらの手作りの乳母車が目に止まり、これを押して歩く気持はどんなだろうと、いつの間にか考えていた。かすかな微笑に口もとがゆがんだ。いったいどうしたというのだろう？　自分にこんなにも母親らしい気持やあこがれがあるとは思ってもみなかったし、ましてや乳母車を見ただけでうれしくなってしまうとは。レスリーがいたら、どんなにか笑われただろう。

そのとき初めて、子供の生まれる喜びを分かち合える相手がだれもいないという事実に思い当たった。両親も兄も遠く離れて住んでいるし、たとえ近くにいても、しきたりを何もかも無視してしまったダイアナに彼らはショックを受けただろう。もちろん愛情を持って援助はしてくれると思うが……とても理解はしてくれないだろう。

新しい友人を作ろう。この町で、いつまでもよそ者でいるわけにはいかないのだ。

建築業者と会ってみると、思っていたより収穫があった。予想に反し、相手はダイアナのプランに疑問や批判を浴びせかけたりせず、熱心に検討してくれた。ただひとつ、ダイアナがむき出しにしたいと言った二階の大きな梁《はり》の件では困った顔になった。

「そうなると一、二本は取り替えないといけないでしょうが、同じ時代の本物の梁とでなきゃだめという決まりなんです」

ダイアナはがっかりした。計画では、昔ながらのむき出しの梁にしっくいの壁を考えていたのだが、それがほとんど不可能だと言われてしまったのだ。

「梁を何本か譲ってもらえるところなら知っていますがね。ホワイトゲイツ農場で何本か売りに出ています。雷が落ちて、壊さなきゃならなくなった納屋の梁です」

ホワイトゲイツ農場——どこかで聞いた名前だ。そうだわ、ミスター・ソームズが共同管理人の家だと言っていたっけ。

「わたしに売ってくれるかしら？」ダイアナはためらいがちに尋ねた。

相手はにっこりした。「売ってくれますとも。でも、まず電話で約束なさっておいたほうがいいですよ。ちょうど今は農繁期ですからね。よかったら、わたしが話をつけてあげましょう」

そうしてもらいたいのはやまやまだったが、これからこの新しい環境で暮らしていくのだ、村人との交渉くらい自分でしなくては。

「ホテルへ戻り次第、農場へ電話してみるわ」

女の人が電話に出たが、ダイアナが用件を伝えると、自分は家政婦だと言った。

「直接こちらへいらして、ミスター・サイモンズにお話しくださったほうがいいと思います。午前中ならこちらにいらっしゃいます。それでよろしいでしょうか？」

ダイアナは約束に念を押し、道順を教えてもらうと電話を切った。

穏やかで気持のよい気候になっていた。窓から差し込む光の暖かさにうっとりとして、ダイアナは目を閉じた。来年の夏には庭に座り、芝生の上をはい回る赤ん坊を眺めているだろう。ダイアナは腹部に手を当ててほほ笑んだ。この子の父親のことは、霧の中に消えてしまっていた。ロンドンを発つ前に診察を受けたが、病院では子供の父親のことを何も知らないダイアナに眉をひそめたものだった。

前の持ち主が所有していた本がいくつかの大きな箱に詰められていたので、午後はそれに目を通して過ごした。コレクターにとって価値のありそうな少数の珍しい本を別にすれば、売れそうなものはほとんどなかった。中にはすばらしい革表紙の本もあったが、それは書棚のディスプレイ用に取っておくことにした。

ロンドンを発つ前に卸売り業者を訪ね、在庫としてそろえておきたい本について相談はしてあった。店舗の改装が済むまでは正式に注文をすることはできないが、これからの予定としては、まず地元の新聞社を訪ねようと考えていたし、オープニングパーティを開くことについてはまだ疑問符がつけてあった。

児童書のコーナーは、壁におとぎ話の場面や動物たちの絵を描《か》いてもらうつもりだ。ついでに子供部屋の壁にも絵を描いてもらおう。

あら、またやってるわ。ダイアナはくすりと笑った。いつの間にか白日夢にひたっていたのだ。あまりにも満ち足りた気持のため、それ以外のことはいっさい消えてしまう。身ごもった女性はみんなこんなふうなのだろうか？

妊娠のせいで味わっている穏やかな気持は、以前には経験したことのないものだった。おなかの子を身ごもったいきさつについて、自分を責めることすらできない。たまに感じる罪の意識も、子供のことを考えるたびに包まれる喜びに、すっかり消されてしまった。

この子はわたしのもの。わたしだけのものだ。ダイアナにはそれがこのうえなくうれしかった。この新しい生活は偶然に始まったものだが、死はつらいけれども人生の終わりではなく、ただ人生の新しい一章の幕開きであることを示すために、神が授けてくれた贈り物だとしか考えられない。

妊娠したときからつわりには悩まされてきたが、今朝はひときわひどく、ホワイトゲイツ農場へ行く約束を取り消そうかと一瞬考えたくらいだった。しかし紅茶とビスケット二枚を食べると少し気分もよくなり、十時には車で農場へ出かけるのが楽しみになったほどだ。

今日も太陽が輝き暖かい。車の中はさぞ暑くなるだろうと、ダイアナはゆったりした白のTシャツにギャザースカートという楽な服装にした。

見る人が見れば腹部が目立ち始めたのがわかるだろうし、自分でも体型が変わったことがわかるが、まだふつうの服が着られる。あざやかな色のエスパドリーユをはき、濃いピンク色のペディキュアをして、サングラスをかけた。

ホテルの女主人に驚いたように見なおされ、初めて自分の服装が地元の人の服装といかにちがっているかを知った。テレビ局で仕事をしているときは、当然同僚と同じようなファッションやデザインのものを着ることにしていたので、ごく自然にその基準で服を組み合わせて選んでしまったのだ。

車を止めてあるところへ行く途中でも、ほとんどは男性からだったが、称賛のまなざしを向けられた。そんなふうに好奇の目で見つめられるのは、ちょっといい気分だった。ロンドンでは、せいぜいちらっと見られる程度だったのだ。

窓から日が差し込み、思ったとおり車の中はオーブンのように暑かったため、ダイアナはクーラーを入れた。

教えてもらった道順はわかりやすく、しばらくすると車は耕作地と牧草地の広がる豊かな農場沿いの道を走っていた。作物がたわわに実り、生け垣が交差する畑は地平線のかなたまで延び、緑と黄金色の広がりのところどころに点々と牛が見える。

目差す農家は思っていたよりも大きく、チューダー様式とアン女王朝様式がまじったとても美しい建物だった。

開け放された白い門を入り、ちりひとつない玉砂利の車道を進んでいくにつれ、ここはただの農場ではないことに気づいた。名所に値するところだ。ダイアナは車を止め、目の前の眺めにほれぼれと見入った。

黒い梁とまばゆいばかりに白いしっくいの壁の間に取りつけられた窓に、朝の光が当たって輝いている。日差しはアン女王朝様式の赤れんがを濃いばら色に変え、柳と芝生に囲まれた装飾的な池の水面に映って揺らめいている。

車道を進んでいくと家の正面に出たが、道は横の方へ続いているように見え、そちらへ行ったほうがいいのだろうかと迷った。

どうしようと考えていると玄関のドアが開き、五十代後半くらいの堂々たる女性が現れ、ダイアナの名を呼んだ。

「車でいらっしゃるのが見えましたので。家政婦のジェンキンズと申します。ミスター・サイモンズは十分ほど遅れると思います。お入りくださいな、書斎へご案内いたしますから」

優雅な玄関ホールは建物の古い部分に当たり、そこから上がる階段は濃い色のオーク材で、とても温かい雰囲気だった。赤と青の華やかな模様のカーペットが、クリーム色の壁とこげ茶色の木材を強調している。磨かれてつやのよいオーク材の長方形のテーブルには、ばらの花を生けた銅製の花びんが置かれ、それがテーブルの表面に映っていた。

「こちらへおいでくださいませ」

昔ながらの掛け金のついた扉を開けると、敷石の通路が続いていた。小さな窓からのぞくと、別棟と石炭置き場がちらっと見え、その通路が家の裏手に通じているらしいことがわかった。

通路の突き当たりには、また扉があった。家政婦はそれを開け、ダイアナを部屋に通すため脇《わき》へどいた。

「本当にすばらしいところ」ダイアナは思わずうっとりとしてつぶやいた。

「ええ、ほんとに。ここは昔、貯蔵室でした。ミスター・サイモンズの伯父さまの時代から書斎として使われるようになりましたけど、あのころから比べると何もかも変わりました」

室内に入ってみると最新型の機械が並んでいるのが見え、家政婦の言った意味がわかった。

部屋の一方の壁はファイルのぎっしり詰まったキャビネットになっていた。デスクの上には、コンピューターの端末装置と、コンピューターにつながった電話機が載っている。

通路と同じようにその部屋の床も敷石だったので、底の薄いサンダルを通してひんやりとした感触を覚えた。かなり以前からセントラル・ヒーティングも取りつけられているようだが、大きな暖炉もあった。電動式タイプライターの隣には、パーコレーターが置かれている。

「ミスター・サイモンズはいつもここを使ってらっしゃるんです。農業も昔とは変わりました。お待ちになる間に何かお飲みになりませんか？　お茶かコーヒーでも。だんなさまもじきに見えると思います」部屋から出ていきながら、家政婦が言った。

部屋に一人きりになると、周囲の壁の厚さと室内の静けさに気づいた。ダイアナは革張りの椅子に腰を下ろし、窓の外を眺めた。

庭にはいくつかの農機具が見える。納屋から男が一人出てきた。小柄でがっしりしたその男はトラクターにひょいと飛び乗ると、やがて走り去った。ダイアナが会いに来た人物ではなさそうだ。電話が鳴り、どこか別の場所で受話器が取られたようだった。紅茶とビスケットを持って家政婦が戻ってきた。

「遅くなりまして。ミセス・サイモンズにご用を頼まれたものですから」

ダイアナが、きっといぶかしげに顔をしかめたのだろう。家政婦が説明した。

「ミセス・サイモンズは車椅子に乗ってらっしゃるんです。二十七歳のときにポリオにかかられて」

かわいそうに。ダイアナは同情を覚えた。肉体的な苦しみが精神に与える影響については知っていたし、それが行動と自立を奪うこともこの目で見ていた。とりわけ裕福な農民の妻ならなおさらだろう……。

ダイアナは家政婦に紅茶のお礼を言い、再び腰かけた。だんだん寒くなってきて、からだが震え始めた。薄いTシャツとスカートは太陽の下ではちょうどよいが、床が敷石の部屋向きではなかった。

紅茶を飲み、思わずビスケットにも手を伸ばした。つわりがおさまると、だんだん空腹を感じ始めていた。何カ月もレスリーの看病と心労に明け暮れて減った体重も、こんな具合ならすぐに取り戻せるだろう。

ダイアナは座ったまま窓の外を眺めていて、ドアが開いたときももの思いにふけっていた。ふと風の気配を感じ、しっかりした足音が聞こえたので振り向いた。

ショックのあまり手に持っていたカップは傾き、部屋全体がぼんやりとかすむ。あの男が入口に立ち、いぶかしげにこちらを見つめているのだ。ダイアナ同様、相手もすぐにわかったようだった。

「あなたは……」ダイアナはようやく口を開いた。いったいどうしてこんなことが……。ロンドンのホテルにいたあの男が、どうしてここに？　まるでひどい悪夢を見ているようだ。これではあまりに偶然すぎるではないか。相手もそう思っているようだった。

「やれやれ、きみの探偵ぶりにも恐れ入ったな。とうとうぼくを捜し出したってわけか。予想すべきだったな」

男は着古したジーンズにチェックのシャツという格好で、ウエストまでボタンをはずして引きしまった胸もとを見せている。肌にはうっすらと汗をかき、頬骨に沿って泥がついていた。髪は乱れ、灰色の瞳は鋭く、脅されていることはわかっているが断じて折れるものかという姿勢だった。

「どういう意味ですの？」ショックと怒りのあまり震えながら、ダイアナは立ち上がった。よくもこんなふうに姿を見せられたものだ。わたしの計画を何もかもだいなしにし、わたしの幸せをすべてぶち壊して！　目を閉じて男の姿を消してしまいたかった。相手が生身の人間だと信じることができない。生身の人間であってほしくなかった。

男は相変わらず戸口に立ち、怒りを込めたまなざしでダイアナを見つめ、そして彼のほうでも考えていた……。

彼はダイアナが自分を捜し回り……とうとう居場所を嗅《か》ぎつけたと思ったのだ！　ダイアナは激しい怒りに身動きもせずにいたが、やがて、もっとぞっとするような事実に思い当たった。この男は結婚しているのだ。そしてわたしは、その男の子供を身ごもっている。わたしが現れたことに、彼がこれほど怒りを見せるのも当然だ。妻に隠れて不貞を働いた男なのだ。ショックを押し隠したダイアナの口もとが、軽蔑《けいべつ》するようにゆがんだ。

「ミスター・サイモンズ、何か誤解があるようですわ」

「そのようだね。そして誤解をしているのはきみのほうだ。ここまであとをつけてきて、どうするつもりか知らないが、すぐに回れ右をして帰るんだな」

やっぱり、そうしてほしいのだ。ダイアナの心の中は煮えくりかえった。あとをつけてきただなんて、よくもそんなことが言えたものだ！　ダイアナの瞳は警告を発するように輝き、自分を抑えようとして彼女は大きく息を吸い込んだ。

「残念ですけど、思いちがいをなさってるわ。わたし、今ではこの町に住んでいますの」

男の目がショックのあまり光るのがわかった。もしこれほど怒りを覚えていなかったら、心が痛んだかもしれない。なんといっても肌を重ねたとき、この男は喜んでわたしを腕に抱いたのだ……どんなにか喜んで。ダイアナはあのときの記憶を、かたくなに押しやった。

「わたし、この町に店舗を買ったところですの。そういうわけでここにいるんです。建築業者から、お宅で梁を売っていただけると聞いて」

「店舗だって？　まさかアリス・シムズの店を買い取ったんじゃないだろうね？」

「買いましたわ」

男は低い声でうめき、髪をかき上げた。

「あの店が売りに出されていると、弁護士の……」

「ソームズか。なんてこった。なんて偶然だ。とても信じられない」

「あのかたを、ご存じなんですか？」

「ご存じだって？　ぼくがアリスの不動産の共同管理人になっていることを聞かなかったのかい？」

一瞬、ダイアナはひとことも言えず、呆然《ぼうぜん》とした。もちろんミスター・ソームズは共同管理人のことを話してくれたし、その人物がここホワイトゲイツ農場に住んでいることもダイアナは知っていた。だがこの世でいちばん会いたくない人物と顔を合わせてしまったショックで、そんなことはすっかり頭から消えてしまっていたのだ。

　それが、ダイアナの血の気の引いた顔と緊張した目に表れたのだろう。相手の態度が急に変わった。

「まあ考えてみれば、こんなふうに顔を合わせたのはショックだった……我々二人にとってね」彼は腕を取ろうとするように手を伸ばしてきたが、ダイアナはいらだたしげにそれを振り払った。

　自分がまちがっていたことがわかった今、男はわたしをなだめにかかっている——それも当然のことだろう。わたしが妻にばらしてしまうのではないかと、おじけづいているのだ。いったいこの男はどんな人物なのだろう？　彼が結婚していようとは、夢にも思っていなかった。すぐに真実を見抜かなかったわたしも愚かだ。

「あなたは、わたしがここまであなたをつけてきたっておっしゃいましたわね」ダイアナは辛辣《しんらつ》な口調で言った。

「まず話をしようじゃないか……」

　これからはおたがい近くに住むことになるとわかったんですもの、そりゃ話をしたいでしょうね。一夜をともにしたことを黙っていてほしいって。この男と顔を合わせていると、自分がいやしくてずるい女になったような気がする。彼に妻があることがわかった今、二人の間に起こったことを考えるのもいやだった。

「話すことなんかありませんわ。わたしとしては、まるっきりの他人が、今こうして初めて会ったと思っていますから」

　これで、わたしの立場をはっきりさせたわけだ。これなら彼も不安が消えるだろう。わたしがここまで追いかけてきて……妻とひともんちゃく起こし、彼を困らせる気だと思われていたと考えると、いやな気分だった。

　相手は不思議な表情でこちらを見つめている――何もかもわかっているという悲しげな表情であり、そして男性的なおもしろがっているような表情。もうこれでわたしを恐れることもないとわかり、ずっと安全な立場に立った気でいるにちがいない。道徳的に正しくないと思っていることをしてしまった共犯者だと考えるのは、とてもいやだった。わたしは妻子ある男性と恋に落ちたことは一度もない。未亡人ということにしておいたのはとてもよかった。わたしが彼の子を身ごもった事実を、相手は知ることがないだろう。決して。

　彼は軽くかぶりを振ると、悲しげに笑いかけた。

「デリック・ソームズにアリスの店を売ってほしいと頼んだときは、まさかこんなことが起こるとは思ってもいなかった」

「ええ、そうでしょうね」ダイアナはてきぱきとした口調で同意すると、ドアの方へ向かった。「でも、起こってしまったわ。はっきり言っておきますけど、ミスター・サイモンズ」ダイアナは開け放した戸口のところから相手に向かって言った。「わたしには男性をしつこく追い回す趣味はありませんの。特に結婚している男性は。これだけははっきりさせておきますわ」

「ちっともはっきりしていない。話をしようじゃないか」

「いやです！」

　話したいことはすべて話してしまった。一瞬、彼が力を行使して出ていかせまいとするかと思ったが、彼は気が変わったらしく、おとなしく外へ出してくれた。

　幸い、正面玄関へ戻る道はわかった。五分後に門から車で出るときも、ダイアナはまだからだが震えていた。最初に見つかった駐車場に車を止め、傷ついた神経を癒《いや》すことにした。

　こともあろうに、これほど恐ろしい偶然があるとは。どんな運命のいたずらで、こんなふうに再会してしまったのだろう？　あのミスター・ソームズが、自分でも気づかぬうちに二人の不幸の仕掛け人となり、ダイアナの不信感を募らせる結果となってしまったのだ。この偶然は少々ゆきすぎだ。まるで運命の女神が、今起こったことは当然起こるべくして起きた宿命だったと決めているようではないか。ダイアナは宿命という言葉に隠された意味が気に入らず、即座にその考えを頭から追い払った。

　ダイアナはどうしようもない気持で下唇を噛み、からだの不自由な彼の妻を裏切ったという罪の意識をやわらげようとした。あのときは、少なくとも自発的にからだを与えたのだ。

　だがその結果については、考えてもいなかった。そうして今、彼の子を身ごもっている。ダイアナは心苦しさに身を震わせた。

　時計の針を戻して、あの店を買う気持を変えることができるものならそうしただろうが、もう遅すぎた。すでにあまりに多くの時間と資金を注《つ》ぎ込んでしまっていた。もう手を引くことはできない。

　店舗はダイアナが買い取る前の十八カ月間、売りに出されていた。したがって、今さら売ろうとしても……売れるはずがない。身動きは取れない。妊娠したことがわかったときに感じていて当然で、実際は感じなかった恐ろしい不安が、今になって襲ってきた。一刻も早くホテルに戻り、部屋に引きこもりたい。

　彼がどこの土地の人間かなど、あのときは調べることさえ思いつきもしなかった。それに知りたくもなかった。

あの日の朝、はっと現実に戻ったあと、ダイアナは恥ずかしさのあまりただ何もかも忘れてしまいたかった。相手のことなど何ひとつ知りたくはなかったのだ。

おたがいに自己紹介さえしていなかった。

用心のため、未亡人ということにしておいたのは幸いだった。そういえば、あの夜、愛していた人を亡くしたばかりだと告げたことを、おぼろげながら覚えている。彼が何か質問してきたら、レスリーの死を夫の死だと言わなくては。でも、質問してくることなどないだろう。こちらと同じように、彼も二人の間に起こったことは忘れたがっているだろうから。

ふいに現れたダイアナに対して彼が抱いたにちがいない気持を察すると、顔がかっと熱くなった。どうやら裕福な男らしい。きっとわたしがゆすりに来たとでも思ったにちがいない。腹立たしげな表情をしていたのも当然だ。

午後遅くなって建築業者から梁の件で電話があったが、気が変わったので代わりにそちらのほうで話をつけてほしいと頼んだ。相手は何も言わずに注文を聞き入れてくれたようだったが、受話器を置いてもまだ胸の鼓動が激しく打ち続け、両手も汗でじっとり湿っていた。

ただ一度だけ肌を重ねた相手の住む町へ来てしまったという、ぞっとするような偶然の持つ意味合いが、今ごろになってようやくはっきりし始めた。妻子ある男性とはつき合わないことにしていただけに、ダイアナは自分にも相手にもむかつくような嫌悪感を覚える。

単なる肉体的な関係だけでなく、それ以上のものがあったと勘ちがいしていたことを、ダイアナは今になって認めた。ようやく、ただの肉体関係でしかなかったと認める気になったものの、心が通い合い愛し合った仲だったのだと思い込んで、これまで自分をあざむいていたのだ。

あの夜の出来事に、ありきたりの日常から連れ出してくれる魔法と不思議を与え、何か特別な思い出にするという、とてつもなく愚かなあやまりを犯してしまっていた。今、ダイアナの思い描いた美しい絵は、現実によってひとつずつ汚されていた。おなかの子供は、事情さえちがえばそのまま恋人同士になれたかもしれない見知らぬ男女の歓《よろこ》びの中で身ごもったものではなく、妻子ある男と、すべてのモラルを忘れるほど深い悲しみに駆り立てられていた女の、あさましい一夜の出来事の結果だということを思い知らされた。そう思うと気持のよいものではなかった。子供の父親は、一人では生きていけない病身の妻を持つ男なのだ。

ダイアナは突然からだが震えた。こんなことを考えるのはやめなくては。世間の手前、わたしは夫の死の直前に身ごもった子供をかかえた未亡人なのだ。そういうふうに考えていかなければならない。

3

最初にだれが言ったのか、〝いったんつき始めたうそは命を持って一人歩きする〟という言葉には一理ある。ダイアナはそれから三日後、苦々しい思いで考えていた。

その日の朝、教会の前の道を横切ろうとしていると牧師に呼び止められた。牧師は自己紹介をして、この教区へようこそと言ってくれた。

その態度から、ダイアナが未亡人であることを知っているのは明らかだったが、牧師から最近ご主人を亡くしたのかと尋ねられ、うそをつかざるを得なかったときには自分がいやになってしまった。しかし、ほかにどうすればよかったのか？　あと何週間かすれば、おなかも目立ってくるだろう。小さな田舎町へ引っ越すことに決めたときには、こうした狭い地域ではどれほどうわさが大きく広がるか、隣近所の暮らしに人々がどれほどあからさまな好奇心を抱くか、すっかり忘れていた。

町の人たちの好奇心に悪気のないことはわかっていたし、マーカス・サイモンズさえこれほど近くにいなければ気にすることもなかっただろう。

せっかく築き上げた新しいイメージを、マーカス・サイモンズに壊されてしまったのだ。彼の妻が病弱なのを知りながら、自分が妊娠をこれほど喜んでいることに、ダイアナはいたたまれない気持と罪悪感を覚えた。サイモンズ夫妻の間にも子供はいるのだろうか？

自分の巻き込まれた事態の深刻さが心から離れなかったが、もう一度やりなおすには遅すぎた。マーカス・サイモンズと会った四日後、建築業者から電話があり、ホワイトゲイツ農場まで来てほしいと言われた。

「梁《はり》の件については話をつけておきましたが、ほかにも見ていただきたいものがあるんですよ。納屋を取り壊し中に、古い暖炉を見つけましてね。お宅のキッチンに暖炉を取りつけたいっておっしゃってたので、ひとつそれも見ていただいたほうがいいと思って。わたしは見てみましたが、値打ちものですよ」

そちらの判断にまかせますと言ってしまいたいのはやまやまだったが、相手の声はひどくはずんでいるし、業者に勝手にやってくれと言ったのでは、改築計画にあれほど熱心だったあとだけに変に思われてしまうだろう。

何も心配することはないわ――ダイアナは自分に言い聞かせた。業者がすでにマーカス・サイモンズとそのことについて話し合っているのだから、本人は姿を現さないだろう……現すわけがない。わたしと同じように、向こうも極力こちらを避けたがっているにちがいない。

これから先、一生あの男を避けて暮らすことはできないが、うわさを引き起こすようなことはしたくなかった。もっとも二人を結びつけるゴシップ屋がいるとすれば、よほど創造力のある人物にちがいないことは常識としてわかっていた。

そんなことを考えるだけでも、自分が罪深くいやしい女になったような気がする。昔から陰でこそこそすることはきらいだったのに。彼が結婚していることを知ってさえいたら……。建築業者のビル・ホブスがこちらの答えを辛抱強く待っているのを思い出し、ダイアナは昼食後に農場で会う約束をした。

新居はすでに改築工事が始まっていた。しかし、古くなった梁を取り替えないことには工事を先に進められなかった。

家じゅうの配線工事が済み、床下の配管工事が行われている最中だった。作業は順調に進んでいた。見るからにたくましい十代の少年が二人やって来て何か仕事はないかと言うので、草ぼうぼうになっている庭のそうじをしてもらうことにした。

車が農場に着くと、すでにビル・ホブスが待っていた。ダイアナは、今回は家の裏手の庭に駐車した。愛想のよい笑顔を見せて、ビルが車のドアを開けてくれた。彼のあとから納屋の中へ入っていきながらも、ダイアナはマーカスの姿が見えないのにほっとした。

ビルの言葉どおり、暖炉はみごとなものだった。あまりすばらしいので思わず指先で触れたとき、突然後ろでマーカスの話し声が聞こえ、ダイアナのからだをショックが走り抜けた。戸口に背を向けていたためマーカスの入ってくるのは見えなかったが、今や全身をこわばらせて彼を意識していた。

「ビル、帰る前にフランス窓の具合を見てくれないかな？　ちょっと腐ってるところがあるような気がしたんでね……」

マーカスはビルを追い払おうとしているのだ。人が好《よ》さそうに、言われたとおりビルが戸口の方へ歩いていくと、ダイアナは自分がろうばいし始めたのがわかった。いっしょにここにいてほしいと声に出して言いたかったが、そんなことをしては、マーカスを避けたがっていると取られてしまうのがおちだろう。

ビルのあとへついて出ていこうとすると、マーカスが前に立ちはだかって行く手をさえぎってしまった。ダイアナの胸の鼓動は、狂ったように激しくなった。

「暖炉はいかがでしたか、ミセス・ジョンソン？」

マーカスの口調は、見知らぬ相手に話しかけるようだった。いったい何度、この男は妻を裏切ったのだろう？　そう思うと胸がむかむかした。わたしと一夜をともにしたようなことを、今までにいったい何度してきたのだろう……？

マーカスが手を伸ばして腕に触れたので、ダイアナははっとして飛び上がり、ショックのあまり目の前が真っ暗になった。

すでにビルの姿はなく、二人きりになっていた。まるでそばにいるだけで火傷《やけど》でもしそうに、ダイアナはマーカスから身を引いた。

「なぜビルを追い出したんですか？」

「きみと話したかったからだ」マーカスは落ち着きはらっている。

ダイアナは顔をそむけ、唇の震えを抑えようとした。この男は何をするつもりなのだろう？　あとをつけてきたと言って、またわたしを責め立てるつもりだろうか？

「話すことなんかありませんわ」

「いや、ある。この前の無礼を謝りたくてね。あれはショックのせいだと思ってほしい。まさかきみに会うとは思ってもいなかったものだから、すっかり気が動転してしまった」

マーカスが心から謝っていることは、疑いの余地がなかった。しかしダイアナはかえって不意を突かれ、つかの間の優位な立場を失ってしまった。

「わたしだって、まさかあなたに会うだなんて」ダイアナはショックと安心感のあまりかすれた声で、ようやくそれだけ言った。

彼がまた手を伸ばしてきて、浅黒いがっしりした指先で左手に触れたので、ダイアナはからだをこわばらせて落ち着かなげに身動きした。

「あの夜は……これをはめていなかった」結婚指輪に触れられ、ダイアナは罪の意識に顔が赤らむのを感じた。

「わたし……」

「愛している人を亡くしたと言っていたね。ご主人のことだとは知らなかった」

「わたしも、あなたに奥さまがいらっしゃるなんて、知りませんでした」

驚いたような相手の表情から、その言葉に動揺していることがわかった。彼は何か言おうと口を開いたが、女性の声で名を呼ばれ、やめてしまった。

「ここだよ、アン」マーカスは、ダイアナから視線をそらさずに返事をした。「妹だ」と手短に言うと、入ってきた背の高い黒髪の女性の方をちらっと振り向いた。

見るからによく似た兄妹だった。アン・チャルマースはマーカスと同じ灰色の目を持ち、骨格も似ていたが、その際立って女らしいしぐさにふさわしく、からだの線はやわらかだった。

「母さんからお言いつけよ。今夜は出かけるから夕食を早めにしますって。あら、お客さまなの、こんにちは」アンはダイアナに手を差し出した。

ダイアナはマーカスに向けられた妹の好奇の視線を見て取ると、心が重く沈んだ。この兄妹の目つきから判断すると、マーカス・サイモンズに病身の妻以外にたくさんの女性がいることはまちがいない。ダイアナはアン・チャルマースのあからさまなひやかしの表情に、煮えくりかえるような腹立たしさを覚えた。

「アン、こちらダイアナ……いや、ミセス・ジョンソン。この人がミセス・シムズの本屋を買い取ったんだ。そうでしたね、ミセス・ジョンソン？」

ダイアナがそうだと答えると、続いてアン・チャルマースの矢つぎばやの質問に答える羽目になってしまった。

「それじゃ、ご主人は……？」

「ミセス・ジョンソンはご主人を亡くされたんだ」

そのそっけない口調には、ダイアナと同じくらいアンも驚いたようだった。

兄妹の間で交わされた先ほどの表情を正しく分析するのは、べつに男女関係に詳しくなくてもいい。アンは兄が妻に誠実でないことを知っており、兄がダイアナにもほのかな興味を抱いているのではないかと勘ぐっているのだ。

わたしが、わざと彼のあとをつけてきたわけではないことがわかった今、彼はまた肉体関係を結ぼうともくろんでいるのだろうか？

ダイアナの心の中で怒りの炎が燃え上がった。もしそんなことを考えているなら、手厳しいショックを与えてやろう。わたしが他人の夫のベッドに平気で飛び込んでいくような女だと、本気で考えているのだろうか？

ホテルへの帰り道、ダイアナは車の中でようやく自分の矛盾に満ちた考えに気づいた。わたしがどんな女か、彼にわかるはずがないではないか。こちらのことなど、彼は何ひとつ知らないのだ。わたしだって知られたくないと望んでいたではないか。

もしマーカスが結婚していなければ、わたしはどんな対応をしていただろうと考えたのは、ホテルの部屋に戻って腰を下ろしてからのことだった。彼が独身だったら、わたしは彼に対していったいどんな気持を抱いただろう？　ダイアナは唇を噛《か》みしめて思い悩んだ。そんな疑問も、そうした疑問にまつわるさまざまな考えもいまわしかった。

翌朝になって、ビル・ホブスにあの二人の少年のことをきいておかなかったのを思い出した。二人はこれからも仕事をもらえるかどうか知りたくて、朝いちばんに店のほうへ姿を見せていた。

自分としては直感的に、引き続き何か頼んでもいいと思っていた。二人とも賢くて、仕事もよくわかっているように見えたからだ。ダイアナが考えあぐねていると、片方の少年がもう一方の少年を肘でつついて言った。「おいジョン、きみのお母さんだ。こっちへやって来るぞ」

ダイアナが顔を上げると、アン・チャルマースが店の方へ歩いてきたが、息子の姿に驚いた様子で、息子のほうは母親と顔を合わせるのがいやそうだった。

「まあ、こんなところにいたのね。二人ともミセス・ジョンソンにご迷惑かけているんじゃないの？」

息子に話しかけながらも顔はこちらを向いていたので、ダイアナは素早くかぶりを振った。「とんでもありません。草ぼうぼうだった庭を、それはきれいにしてくれて。今も、温室のガラスを入れ替えてもらおうと思っていたところですわ」

少年たちが温室のガラスの寸法を測りに行ってしまうと、アン・チャルマースは早口に言った。「あの、昨日は失礼なことを言ってしまって、謝りに来たんです。つい最近ご主人を亡くされたんですってね。知らなかったわ。チャールズ牧師が、ゆうべそうおっしゃってたの。あんまりあからさまにあなたと兄を結びつけようとしたわたしを、さぞひどいと思ったでしょ。兄のほうは、わたしがいつも結婚させたがってることに慣れているけど。あんまりうるさく言うから、どうとも思わなくなっているのね……」ダイアナがびっくりしたように声をあげると、アンは口をつぐんだ。「どうかなさったの？」

「いいえ、ただマーカスは……お兄さまは結婚なさってると思っていたものですから。家政婦さんがミセス・サイモンズとおっしゃってましたので」

アンの顔が明るくなった。

「母のことを言ったんだと思うわ。母はマーカスと同居してるの、ずっとあの農場で育ってきた人だから。伯父がマーカスに農場を譲ると遺言したのは、いろんな意味で幸運だったと思うわ。わたしは兄が、こちらへ戻って農場を引き継ぐのをいやがるんじゃないかと思っていたの。母は生まれてこのかたあの農場で暮らしてきたわ。それでマーカスも農場を継ぐ気になったのよ。あなたはマーカスが結婚していると思ってらしたのね。兄にそのことを言ってあげたいわ。女房持ちの男は見るからにみじめな雰囲気を持ってると思い込んでいるんだもの」

　こちらのいらだたしさなど気づかぬ様子で、アンは大笑いした。ダイアナとしては、たとえつまらぬ会話にせよ、マーカスのことについてアンと話したのを当人に知られたくなかった。

　マーカスが結婚していないことがわかると、奇妙に胸騒ぎがした。なぜなのだろう？　妻子ある男性に抱かれたといういやな考えにショックを覚えたことを思えば、喜んでいいはずではないか。

　相手が結婚していようといまいと、一夜かぎりの関係という二人の間柄が変わるわけではない――あとで一人になったとき、ダイアナは自分に言い聞かせた。引っ越してきたこの小さな町で、マーカスとその一族が有力者であることを知ってから、ずっとダイアナはおびえてきた――マーカスの存在に、将来の計画もおなかの子供までもおびやかされるのではないかと心配になったのだ。しかし、なぜおびえたりするのだろう？　かりにダイアナの身ごもっているのが自分の子かもしれないと思っても、彼はそんなことを問いただすことなどあるまい。そういう疑いは自分の胸に秘めておこうと思うだろう。

　マーカス・サイモンズのことなど忘れるのだ――その夜、寝る支度をしながら自分に言い聞かせたが、翌朝になると、マーカスを忘れるのはどうしても許されないことのような気がした。

　新居の中に入り、古びた梁を取り替える作業が手際よく行われているのを見て、ダイアナはうれしい驚きを覚えた。ホワイトゲイツ農場から買った暖炉をすえつけるため、二人の職人がキッチンに場所を作っていた。あいさつをしようと近づいてきたビル・ホブスは、仕事の進み具合に驚いているダイアナを見て、にっこりとした。

「順調にいってますでしょう？　梁をちゃんと取りつけたかどうかを見に、今朝マーカスが立ち寄ってくれましたよ。奥さんのプランを話したら、とても興味を持ったようでした。しばらく前から、マーカスも農場を改造しようと思っていたらしいんです。伯父さんの時代から、いじってないんですからね。当然のことですが、あの自動車事故で息子さんと奥さんを亡くしてからは、伯父さんは何に対しても興味を持てなくなってしまってたんですよ。同じ事故でマーカスの親父《おやじ》さんも亡くなりました。マーカスがアメリカへ行った直後でしたがね。あのときはみんな、マーカスがこっちへ戻ってきて農場を引き継ぐだろうと確信してました。本人はその気じゃなかったという人もいますが、おふくろさんの面倒を見る必要があったものでね」

単なるうわさ話なのだと思ってダイアナが素早く話題を変えると、ビルは鋭い目つきでちらっと見やり、ダイアナの気持を察した様子でマーカスに関する話をやめた。その場にいないマーカスのことを話すのは、ひそかにさぐっているようで後ろめたく、ダイアナとしては気分が悪かったのだ。ゆっくりホテルへ戻りながら、わたしはマーカスのことなど何ひとつ知りたいとは思わないと、自分に言い聞かせていた。

マーカスが再び目の前に現れてひどいショックを受けるまでは、ダイアナはこのうえなくいい気分だった。妊娠のせいで肌にやわらかな輝きが増し、落ち着いた気持になれた。子供が生まれると思うと、レスリーの死も直視できた。おなかの子は、失った友人の代わりに神が授けてくれた贈り物のような気がしていた。

　そんな考えを、神に対する冒涜《ぼうとく》と見る人もあるだろうが、ダイアナにとっては心のなぐさめになった。子供は死んだレスリーの代わりにはならない。もちろん、ダイアナもそんなふうには望んでいなかった。しかし、人生には苦痛や苦難以上のものがあるという確信にはなるだろう。

　いったんは子供の父親のことをすっかり心から消すことに成功したように見えたが、今では会う人ごとにその人たちの口からマーカスの名を聞かされる羽目になってしまった。マーカスは少年のころ伯父の農場で働いていたが、独立心が強く、立身出世を夢見ていたといううわさも聞いた。またアメリカでは純血種の馬の飼育をりっぱにやっていたが、伯父が亡くなると、向こうでの仕事をあきらめて帰ってきたとも聞かされた。

　しかしいちばん驚いたのは、だれもがマーカスを尊敬しているらしいことだった。ホワイトゲイツ農場はこのあたりではいちばん大きく、当然サイモンズ一族は尊敬されていたが、よそよそしく冷淡だった伯父に比べ、マーカスはずっと近づきやすくて気さくな人物らしい。

　子供の父親について何も知らないことにひどく安心感を覚え、また彼のことを知りたいとも思わなかったが、今は望みもしないのに無理やりいろいろと聞かされ、理由もわからないままおびえている。
　一、二度町でマーカスの姿を見かけた。自分でも満足のいく説明はできないけれど、そのたびにダイアナはわざと反対方向へ走り去ってしまった。
　さらに一週間が過ぎ、新居の工事もはかどった。そろそろ本の注文をしてもよい時期になっていた。数日間の予定でロンドンへ行き、金銭上の件でひとつ二つ用を足してから卸売り業者を訪ねるつもりだが、あまりおなかの目立たないうちに実行したほうがよさそうだ。そんなわけで、泊まっているホテルの経営者に三日間留守にする旨を告げた。

ダイアナは新居のそばに車を止め、汽車で行くことにした。

ロンドンの騒音とせわしなさにひどく心をかき乱されたのは、ダイアナにとってはショックだった。ここはダイアナの働いていた街であり、家のあった場所だ。それなのに、たかが数週間離れていただけで、すでに外国人にでもなったような気がする。

幸い用件は思っていたよりずっと楽に片づいた。同じ仕事をしていた友人たちとは、レスリーの命を奪った病気以来、いつの間にか離れてしまっていた。マーカスは別にして、ロンドン時代よりも今のほうが多くの知人がいるし、ここを去ったことについてはなんの後悔もしていない。

レスリーの弁護士に頼まれた書類にサインしたあと、持ってきたローズマリーの鉢植えをたずさえて、お墓参りに行った。

目にしみる涙をぬぐいながら、ローズマリーをていねいに墓のそばに植え替えた。ダイアナはさほど信仰心が厚いわけではなく、ほかの多くの墓にまじったこの小さな墓とレスリーはどうも結びつかなかったが、土を掘り返してローズマリーを植えるという作業をすることで、何かとても心なごむ気がした。ダイアナはローズマリーの葉に触れて、ため息をついた。

弁護士のオフィスに行って子供が生まれる予定だと話すと、弁護士はダイアナの身にもしものことがあったときのために、子供の保護者となるしっかりした人物を見つけておいたほうがよいと忠告してくれた。

「もちろん、何もあってはなりませんが、先のことはだれにもわからないし。片親の場合は、養育の責任を分かち合ってくれる相手がいるという安心感もないわけだから」

弁護士に忠告されたことで、答えを出さなければならないさまざまな問題が持ち上がった。そして帰り道は、そのことばかりが心に重くのしかかっていた。

もちろん両親はいちばん近い肉親だったが、二人ともオーストラリアに住んでおり、永住するつもりのようだ。もしわたしが交通事故で死んだりしたら、どうすればいいのだろう？

子供にはだれもいなくなってしまう――まったくだれも。この世で独りぼっちになってしまうのだ――マーカス・サイモンズを別にすれば。イヴをそそのかした蛇のように、ひとつの考えが誘惑するように心にしのび込んできた。マーカスは子供の父親なのだ。思いやりのある面倒見のいい男で、彼を知る人は皆とても尊敬している。彼はまじめに責任を果たす男なのだ。

ダイアナは腹立たしくなり、ぐずぐずといつまでもそんなことを考えるのはやめにした。この子はわたしのものだ。ほかのだれのものでもない。だれかとこの子を共有したくはなかった。わたしが死んだりするわけがない……わたしの身に何か起こるわけがない。

あのような忠告をして心をかき乱した弁護士に怒りを覚え、反抗的な気分でダイアナは汽車から降りた。

広場を横切ろうとすると、後ろでクラクションが聞こえ、ダイアナは肩越しに振り向いて見た。磨き立てられた高級車には見覚えがなかったので、車が近づいてくるとちょっと顔をしかめた。

窓が開き、聞き覚えのあるマーカスの声がした。

「乗らないか？　ホテルの前を通るんだ」

「いいえ、けっこうです」

ぶっきらぼうで高飛車な断り方だということはわ

かっていた。ダイアナは気がとがめ、顔が赤らむのを感じた。マーカスの片方の眉が上がり、彼女をじっと見つめる灰色の目がわずかに硬い表情になった。

ダイアナは彼が窓を閉めて走り去るのを待っていたが、マーカスはやさしい口調で言った。「乗りたまえダイアナ。口論は道々できるじゃないか」

ダイアナは断りたかった。断るつもりだった。しかし人に見られていると思うと、ますます緊張してしまった。ここは小さな町で、人々はうわさ好きだ。たとえどのような状況であっても、自分の名とマーカスの名を結びつけられるのだけはいやだった。仕方なく前に進み出ると、車に乗り込んだ。

「きみがロンドンへ行ったと、マッジから聞いたよ」

マッジというのはホテルの経営者のことだが、ダイアナは新たな怒りに胸が痛んだ。なぜマーカスはわたしをほうっておいてくれないのか。なぜいつも抜け目なく現れるのか。この男を忘れてしまいたい。歓《よろこ》びを分かち合った夜があったことを忘れてしまいたい。しかしそういう夜が存在したのは事実だ。

ダイアナは衝撃を覚えつつも認め、ギアを入れ替えるマーカスのがっしりした腿に思わず目を向けた。

やがて車は走り出した。

マーカスはあのときロンドンで着ていたような、フォーマルな装いをしていた。彼を見ても、だれも農民だとは思わないだろう。農民というより、成功した実業家か旅行者のようだ。

ただ皮膚の固い日焼けした両手が、一日じゅうオフィスにいるわけではないことを物語っていた。

その両手を見つめているうちに、ダイアナは意に反して、肌を愛撫《あいぶ》されたときの感覚を思い出していた。その記憶にからだが激しく反応するのを感じると、当惑のあまり顔に血が上ってきた。胸の頂が固くなり、服に当たるのがわかる。そしてからだの奥では、これまで知らなかった苦痛と欲求のまじったような気持がうずきとなって感じられた。

道には人気《ひとけ》がなかった。今ここで彼が車を止めて、わたしを抱きしめたら……ダイアナは激しい反応にとまどい、身震いした。ちょうど、相反する欲求に引き裂かれているような気持だった。

マーカスから逃げ出し、自分と子供のために、世間を遮断する安全なドームを作りたかった。だが突然、狂ったように、手を伸ばしてマーカスに触れたいとも思った。いやそれ以上に、触れてほしかったのだ。

車が速度を落とすと、ダイアナは一瞬、今考えていたことを本当にマーカスがするつもりなのではないかと思った。ダイアナは彼を見つめた。自らの気持にショックを覚えたため目は大きく見開かれ、その金色の輝きは感情のもろさゆえにくすんでいる。

ダイアナはマーカスが息をのみ、そのあとで言うのを聞いた。

「ダイアナ……」まるで喉にいっぱい小石が詰まってでもいるかのように、しゃがれた声だった。マーカスはダイアナに触れるように手を伸ばした。だが、ホテルの駐車場に入るため速度を落としただけだとわかった。

安堵《あんど》感と当惑の気持が半々だった。ダイアナは早口で礼を言い、車が止まるか止まらないうちにドアを開けて飛び降りた。もう少しでしてしまいそうだった愚かな行為から、一刻も早く逃げ出したかったのだ。

「ダイアナ……」

マーカスが自分の名を呼ぶのが聞こえたが、ダイアナは立ち止まらずに背を向けた。ホテルの中に入るとき、まだ胸がどきどきしていたが、マーカスは追いかけてはこなかった。

ああ、わたしはどうなってしまったのだろう？

わたしはマーカスを見つめ、それからいったいどうするつもりだったのか……？　マーカスが欲しかったのだろうか？　ダイアナは答えに身震いし、ベッドにくずおれそうになった。そう、わたしはマーカスが欲しかったのだ。

　それは弁護士の厳しい忠告に対する、感情的な反動と言ってもよかった。妊娠中は、こんなふうに不思議な興奮のほとばしりがあるのだ。感情のせいではなく、ホルモンのせいなのだ！　マーカス・サイモンズのことなどなんとも思ってはいない。思うことなどあるはずがない。

　ダイアナを欲しいふりをするのは、マーカスにとってはおもしろいかもしれないが、三十代前半の経験豊かな男であれば、ほかにもおおぜいの女性がいるだろう。ダイアナを抱いたあの様子からそれははっきりしていたし、妹のアンも、彼は次から次へ女性とつき合い、身を固めるつもりはないらしいと、それとなく言っていた。

　もちろん、マーカスはとてもセクシーな男性だ。たぶんこれが答えだろう。今のところマーカスには特定の恋人がいない。欲求不満な彼は、ロンドンでの関係を、もう一度結びたいだけなのだ。結局、マーカスにとってはよくあることでも、ダイアナにとってはただ一度きりだということが、彼はわかっていないのだ。

　マーカスにおびえるなんてばかげている。わたしにもう一度ベッドをともにする気のないことがわかれば、彼はきっと追いかけ回すのをやめるにちがいない。

4

しかし、マーカスはやめなかった。それどころか、彼はダイアナの居場所がわかる千里眼を持っているようだった。ダイアナが改築の進み具合を見に行ったり通りでばったりだれかに会ったりすると、必ずマーカスもその場に居合わせるように思えた。妄想に取りつかれ始めたのだ、何もかも偶然だとダイアナは自分に言い聞かせた。しかしある日、仕事の進み具合を見に行って、ビル・ホブスに、今日はマーカスは見えませんねとにやりとしながら言われたときには、これは妄想ではなく、ほかの人たちも気づき始めているのだとわかった。

しかし、ダイアナの疑惑を裏づけたのはアンだった。ある朝、郵便局から出てくるとアンに出くわした。

アンは四人の子供のうち、十歳の双子の男の子を連れていた。二人とも伯父のマーカスにそっくりだ。

ダイアナは、わたしの子供はだれに似るのだろうと思わずにはいられなかった。その日は午後、検診のため病院へ行くことになっており、彼女は思わずいたわるように腹部をなでた。レスリーの看病でひどくやせてしまったので、まだほとんど目立たない。ローウエストのドレスやゆったりした服を身につけているせいもあるだろう。だが、目立ち始めるのももうすぐだ。

マーカスがどんな反応を示すかと思うと、神経が張りつめるのを感じた。彼は頭のよい男だ。きっと疑いを抱き、質問してくるだろう。しかし心の準備はできている。わたしから真実を引き出すことはできはしない。

「兄はひどい胸の病なんですって。自業自得ね。今度こそキューピッドの矢が射られたかと思うとうれしいわ」

アンの言おうとすることがわからないふりをすることはできなかった。ダイアナは、頬が赤らむのを感じた。

「マーカスとわたしはただの知り合いですわ。あのかたのことはほとんど知りませんし」

「でも兄のほうじゃいろいろ手をつくしてるようよ。母だって気づいてるわ。この前も、いつもあんなに頭の切れるマーカスがいったいどうしたのかってきかれたし、ビル・ホブスも、マーカスがあなたの新居によく姿を見せるって話していたわ」

「あら、そんなことありませんわ。仕事の進み具合を見に、一、二度顔を出されただけですから」なぜマーカスを弁護しているのかわからなかったが、たとえ愛情からにせよ、マーカスが妹にからかわれて笑いものにされていると思うといやだったのだ。アンはなんとなくわかったらしく、話題を変えた。

「あなたと会えてよかったわ。日曜日のランチにお誘いしようと思っていたの。でも内輪の集まりじゃないのよ。わたしの主人はこの地域の獣医でね、日曜は忙しいことが多いのよ。それで主人のいないのを幸い、日曜日にはうちを開放してパーティを開くことにしているの。ビュッフェ・スタイルで、皆さんには都合のよいときに来ていただいて……よくある気楽なパーティよ」

そう言われると断りきれなくなり、日曜日のランチには行くと約束させられてしまった。

ダイアナはこの町が気に入り、うわさ好きとはいえ、町の人々も気に入っていた。分別のあるときには、子供の父親がマーカスだとはだれにもわかるまいと思うのだった。知り合った人はだれもが気楽に、ダイアナを未亡人として受け入れてくれているようだが、いよいよ妊娠が隠しきれなくなってきたら、夫が亡くなったあとで身ごもっていたことを知り、流産するのではないかと心配だったために今まで秘密にしておいたのだと言うつもりだった。

　通院することになった病院は、二十五キロほど離れたヒアフォードにあるので、昼食をとると出発した。ロンドンを出て以来病院へ行くのは初めてだったが、場所はすぐに見つかりダイアナは車を止めた。

　いつものことながら、医者に診てもらうまではいらいらしながら待ったが、体重についての注意を受け、もう少し太るようにと言われただけで帰された。

　六時近くなってヒアフォードを出た。空には一面雲が広がり、一、二キロほど走ると雨が降り出した。

　それが起こったのは、家まであと八キロあまりの地点だった。何事もなく気持よく走っていたのに、突然にぶい破裂音が聞こえ、車がよろめき出した。パンクしてしまったのだ。

　道端に車を寄せたダイアナは、車から降りると絶望的な気持でパンクしたタイヤを見つめた。ロンドンから引っ越して来るときにスペア・タイヤと工具を車から出したまま、元に戻すのを忘れていたのだ。

　ダイアナは人っ子一人いない道をあちこち見回し、再び動かない車を見やった。ここから町はずれまでの間には、電話ボックスもなかったような気がする。となると、本降りになってきた雨の中、かなりの距離を歩かなければならない。

　もちろんレインコートなどは持っていないし、すでに薄いコットンのシャツが肌にべったりと張りついていた。雨の中を歩いていく気はしなかったが、ほかにどうしようもない。

　車の中に入るとキーを抜き、外に出てドアを閉めた。ちょうど歩き始めたとき、濡《ぬ》れた道路の上をきしるタイヤの音が聞こえた。

　ほかの車が来たのだ。ダイアナは夢中で道路の中央に飛び出したが、それがマーカスのダイムラーだとわかって、立ち止まった。こちらに向かって走ってくるのが、よりにもよってマーカスの車だとは！　マーカスはダイアナのそばに車を止めて窓を開け、ずぶ濡れの姿を見ると顔をしかめた。

「どうしたんだい？」

「パンクしてしまったんですけど、スペアのタイヤを持っていなくて」

「なるほど……」

女性とその愚かさについて何も言わない相手に、ダイアナは心の底から感謝した。買い物を入れるためにスペア・タイヤを出してしまったのだろう、などという男性本位のユーモアには、がまんできそうになかったからだ。

「乗りたまえ。途中で修理工場に寄って、車を運んでくれるように頼もう」

なんとかしてマーカスの申し出を断れないだろうか。しかし、いったいどうやって？　身重のからだで町まで歩いていくと言い張るのは、ばかげている。すでに寒さに震え始めていた。雨が降り出すと同時に気温も下がっており、たとえマーカスを避けるためであっても、八キロも歩きたくはなかった。

ダイムラーの内部は、どこからどこまでぜいたくな作りだった。リッチな革のにおいと、冷たく湿った空気のにおいがまじり合っていたが、そのほかにも何か覚えのある香りがただよっていた。

座席に座ってシートベルトを締めたダイアナは、初めてそれがなんなのかがわかった――コロンの香りのまじったマーカスの男らしいにおいだったのだ。

身震いをして上半身をまっすぐに起こすと、シートベルトに締めつけられて、ダイアナは思わず顔をしかめた。

「どうかしたの？」マーカスは彼女を見つめ、エンジンをかけようとした手を止めた。

「いいえ……ただ、ちょっと寒いだけですわ」

顔を正面に向ける前にマーカスがけげんそうな表情を浮かべたように思ったが、それはきみが悪いとか、自業自得だなどと言わない彼の忍耐強さに、ダイアナは再び感心した。そんなことを考えていると、口もとがほころんだ。

「何がそんなにおかしいんだい？　またぼくがいいタイミングで現れたからかい？　おかげでぼくたちの一方はラッキーだったと思うがね。もちろん、ぼくのほうじゃないが」

ダイアナは相手をじっと見つめた。マーカスがひかえめながら皮肉を言ったのは、この数週間でこれが初めてだった。

「あなたの忍耐強さに感心してしまいましたの。スペア・タイヤを忘れるなんてばかな女だって、よくもおっしゃらずにいられると思って」

「聞いてあきれるだろうが、ぼくも一度同じことをやらかしたことがあるんだ。どこへ行くにも百五十キロくらい離れているところでね。そのときはチェロキーという車を運転していた。わが国のランド・ローバーに似たアメリカ製の四輪駆動車だ」

あちこちから断片的にマーカスのアメリカ時代の話を聞いていたが、彼が自分からその話題を持ち出したのは初めてだった。

マーカスはわずかに目を細め、ダイアナを見つめている。

「何も言うことはないのかい？　きっと親切な妹が、ぼくの前歴をたっぷり吹き込んでくれたんだろうな。それで、ぼくはいつも冷たいあしらいを受けるわけか？」

「ちがうわ。妹さんは、あなたのことにちょっと触れただけですもの。アメリカでは好きな仕事に就いていらしたけど、伯父さまが亡くなられて帰る決心をした、と聞きましたわ」

「そうするより仕方がなかった。ホワイトゲイツは母の生家でね……母と父はいとこ同士で、伯父が生きているときはみんなであそこに住んでいたんだ。伯父が農場を継ぎ、父は獣医をしていた。伯父が亡くなったときにぼくが戻らなかったら、農場は売りに出されていただろう」

その声の調子から、マーカスの決心が容易なものではなかったことがダイアナにもわかった。こちらの思いを裏づけるように、マーカスはゆっくりとした口調でつけ加えた。

「ぼくは昔から馬が好きだった。アメリカでの仕事は楽しかったし、それに恋人もいた。彼女は、ぼくの雇い主の娘でね。地元の社交界の花形だった。ロンドンに住めないなら、こちらへ来て生活するのはいやだと言うんだ。ホワイトゲイツは売ってアメリカにいてほしいと言われた。売って得た金を、彼女の父親の会社に投資することもできたかもしれない……しかし、母に対してそんなことはできなかった」

「それで……」

ダイアナの方を向いたマーカスの目には、皮肉な表情がみなぎっていた。その灰色の目が金色の目と合い、マーカスがそっけなく話し出すと、ダイアナは視線を落とした。

「それで別れたってわけさ。彼女はきっと結婚して、今ごろは子供も二、三人いるだろう」

「まだそのかたのことを愛してらっしゃるの？」

「いや。前だって、本当の意味で愛していたとは思えない。しかし、ぼくにとっては忘れ難い教訓となった。きみはまだ質問に答えてくれていないね。どうしてそんなに冷たくはねつけるんだい？」

「はねつけてなんかいませんわ」

ありがたいことに、車は町の広場に差しかかっていた。もうすぐ逃げ出せるだろう。ところが、マーカスはホテルの駐車場へ入る気配もなく、反対方向の農場の方へ向かっている。

「マーカス！」

「きみはびしょ濡れだし、ぼくも遅くなってしまった。それに、きみはまだぼくの質問に満足のゆく答えを出してくれていない。こうなったらきみを誘拐するのがいちばんよさそうだ」

農場に着くまで、マーカスは再び口を開かなかった。車を戻してホテルへ帰してほしいと抗議すべきだとわかっていたが、薄地の服を通してからだがすっかり冷えきってしまい、ダイアナは震えが止まらなかった。

二人は裏口から、大きなオーブンのあるキッチンに入った。おいしそうな料理のにおいに、ダイアナは空腹のあまり胃がむかつくのを覚えた。昼食は軽く食べただけだったので、今ごろになって急におなかがすいてきたのだ。

「ミセス・ジェンキンズ、ミセス・ジョンソンを二階へ案内してあげてくれないか？　温かいおふろと、さっぱりした服も頼むよ。あと十分で夕食だ」マーカスは腕時計を見ながらダイアナに言い、家政婦に言葉を継いだ。「母の様子を見に行ってくる」

抗議をしてもむだだった。気がつくと、ダイアナは玄関ホールから二階へ案内されていた。

「ご結婚なさったあとも、アンお嬢さまはご自分の持ち物を残しておいでだと思いますよ。今でもお部屋に何か服がありますでしょう。どうぞこちらへ、ミセス・ジョンソン」

家政婦に通された部屋からは野原が見え、それがワイ川とウエールズの丘まで続いている。

「バスルームは廊下の向かい側でございます。各部屋ごとにバスルームを備えつけるんだって、いつもだんなさまは言っておられます。確かにその広さはございますけど、だんなさまにはとてもお時間がございません。このおうちにはどうしても主婦がいります！　ええ、もちろんわたしは精いっぱいのことをしてますし、おからだが弱いのに、ミセス・サイモンズもできるかぎりのことをしてくださいます。でも充分というわけにはまいりません。おうち全体を改装しなくちゃなりませんので」

　広いバスルームには大きな古めかしい浴槽があり、温かなお湯が張ってあった。ダイアナは浴槽に身を沈め、妊娠のために変わりつつある体に思わず目を向けた。服を脱いで見ると体型の変化はすぐにわかり、彼女はその固いふくらみをいつくしむように撫《な》でさすった。

「もうすぐよ。ママと同じように、あなたもママに会うのが楽しみ？」

　思わず声に出して話しかけていたことに気づき、ダイアナは頬を染めた。こうしておなかの子供に話しかける習慣は最近始まったことだが、ときどき自分のしていることに気づくと、ひどくばかばかしいような気もした。

　家政婦のミセス・ジェンキンズが下着とジーンズ、それにセーターを見つけておいてくれた。どれも少し大きめだったが、ぐっしょり濡れた自分の服よりはずっとましだった。厚手のたっぷりしたセーターは腹部のふくらみを隠してくれた。長すぎるジーンズはふくらはぎまで折り曲げた。

　ドアを開けたとき、ちょうどマーカスが階段の上に姿を現した。

「予定より十秒早かったね」

　一家の食事のじゃまをするわけにはいかない。タクシーを呼んで帰りますと言いたかったが、すでにマーカスは階下へ下りかけていて、あとをついていくよりほかはなかった。

「ああ、そうだ」マーカスが立ち止まり、ダイアナを見上げて言った。「修理工場に電話をしておいたよ。きみの車を運んでタイヤを修理し、明日の朝いちばんに届けてくれるそうだ」

　自分の生活に踏み込まれて乗っ取られてしまったような気がしたが、ダイアナは礼を言った。

「母さん、こちらミセス・ジョンソン……ダイアナです」車椅子に乗った美しい白髪の婦人の前までダイアナを連れていったマーカスが、紹介した。「ダイアナは今夜の食事につき合ってくれるそうだよ」マーカスが言うと母親の生気のない目がぱっと明るくなり、やさしくダイアナにほほ笑みかけた。

「まあ、すてきだこと！　こんなふうにからだが不自由だと、外出できないから、新しいお友達にも出会えないんです。ダイアナ……」母親はちょっと考え込むようにダイアナを見つめた。「アンが言ってたのは、あなただったのね。本屋さんを買い取ったんですって？　すてき……わたしは読書が楽しみでしてね。でも田舎にいると新刊書がほとんど手に入らなくて。アンかマーカスがヒアフォードやロンドンに出かけるまで、いつも待たなければならないのよ」

「食事だよ、母さん」マーカスが口をはさんだ。老婦人がダイニングテーブルまで車椅子を動かす姿を見ると、ダイアナは痛々しさに喉もとの詰まるのをこらえなければならなかった。

　食堂からは家の裏手が見渡せて美しい眺めだったが、車椅子に乗ったままいくら眺めたところで、自分の足で散策して楽しむ自由には代えられないだろう。

　不安をよそに食事は楽しかったし、ダイアナは自分でも驚くほど食が進んだ。

　ジェイン・サイモンズは頭のよいウイットに富んだ女性で、からだが不自由なことをなんとも思わず、みんなにもそう思ってもらいたがっていた。周囲のあらゆることに強い興味を持ち、地域社会の問題にも深くかかわっていることがダイアナにもわかった。

マーカスはあまり表立った発言はせず、ときどき意見を言うだけで、それ以外は自分のまわりで会話が流れていれば満足なようだった。アンとはちがい、ジェイン・サイモンズは息子が独身でいることに意見することはなかったが、息子が自分以外の人間のものになるのがまんできないといった独占欲の強い口うるさいタイプの母親ではなさそうだ。

テーブルから立ち上がると九時を回ったところで、ダイアナはずいぶん長い間話をしていたことに驚いた。「おいとましなくては。電話を貸していただければ、タクシーを……」

マーカスは顔をしかめた。「そんな必要はない。ぼくが送っていくよ」

なんと言えばいいのだろう？　そっけなく断るのは不作法でばかげているだろうが、食事の間は潜んでいた気まずさが、また浮かび上がってきた。

これ以上かかわりたくないという気持を、なぜ素直に受け入れてくれないのだろう？　それにもっと重要なのは、彼がなぜわたしにかかわり合おうとするのかということ。わたしがベッドの相手として手ごろだからだろうか？

町まで半分ほど戻ったところで、マーカスは突然車を止めてダイアナの方に顔を向けた。

「さてと、これで二人きりで話ができる。ぼくのことをあまり知りたくないと思っているようだが、いったいどういうわけなんだ、ダイアナ？」

「なぜ知りたいと思わなきゃなりませんの？　ここへ引っ越してきたばかりのとき、あとをつけてきたのかと言って、あなたはわたしを非難なさったわ。あのときはわたしのことなんか知りたがらなかったくせに」

「ショックだったんだ。夢が現実になって書斎に現れるなんてことには慣れていないからね」

マーカスの笑顔に、ダイアナの胸の鼓動はひとつ飛んでしまった。ぞくぞくするような興奮がからだじゅうを駆け抜けた。この震えはすぐにも抑えなくては。この男に惹《ひ》かれていいような立場にはいないのだ。だがやはり彼に惹かれている。ダイアナは自分でも認め、そのことに驚いた。

「つい最近、未亡人になったばかりだそうだね」しかし、とマーカスがつけ加えるのを聞いて、ダイアナはろうばいした。

「しかし、一度はベッドをともにしたのだから、もう一度あやまちをくり返してもいいだろうとおっしゃりたいの？」ダイアナの声は甲高くてよそよそしかった。気が動転しそうだったのだ。マーカスに未亡人と言われると、なぜか罪悪感が強まった。こんなふうにうそをつくのはいやだったが、そうさせているのはマーカスだ。わたしをほうっておいてくれさえしたら……ダイアナは彼に対する憤りを覚えた。しかしそれは、心の中にわき上がってきた弱い気持に対する防御だった。

「あやまち？　あれがあやまちだったのかい？　あのときはそんなふうには見えなかったがね！　あの夜のことはなかったというふりをしたいんだろう、ダイアナ？　だが、そうはいかない」

それっきり何も言わず、マーカスは再び車を走らせてホテルまで送り届けた。車から降りるときダイアナはまだ震えていたが、手を貸そうとマーカスが座席を離れる前に、あわててぎこちなく身をかわした。

「ご主人を亡くしたことは気の毒だと思うがね、ダイアナ……」

「お願い！　そのことは話したくないの。わたしは過去から逃れるためにここへ来たのよ、おわかりにならない？　もう一度やりなおしたかったの」

「それをぼくが、すっかりだいなしにしたって言うんだね？」

マーカスの目は、ダイアナがうっかり使ってしまった〝逃れる〟という言葉に気づいていることを示していたが、何も言わなかった。あえて言わなかったのだ……マーカスは感情的にも肉体的にもひどい挫折《ざせつ》感にとらわれていたので、ダイアナにそれ以上要求することはできなかったのだ。本当はそうしたかった……ダイアナを腕に抱きしめ、二人の間には確かに関係があったことを認めさせたかった。だがそんなことをしてはダイアナをいっそうろうばいさせ、臆病《おくびょう》にさせてしまうだけだろう。

自分の書斎で、思いがけずあんなふうに再会したのは、確かにショックだった。そのために誤解もしたのだが……それも一瞬のことだった。それから思い出した……ロンドンで会って以来、幾度ダイアナを思ったことだろう。幾度夜中に目が覚め、ねぼけまなこでダイアナのからだのぬくもりを求め、そうだ、ここにはいないのだと思ったことだろう。

マーカスは挫折感に口をつぐんだまま、立ち去るダイアナを見ていた。彼女はわざとぼくとの間に垣根を作っている。その垣根が手でさわってわかるような気さえする。いったいなぜなのか？　夫の死後すぐにぼくとベッドをともにしたことに、きっと罪悪感を覚えているからだ。それが理由だ。どんなに愚かな者にでも、それくらいのことはわかる。罪悪感を抱く必要などないと、説得しなければ。だが、いったいどうやって？

顔をしかめ、マーカスは家へ向かった。おかしなことだが、肌を重ねたときのダイアナの処女のような体の感触を、はっきり覚えている。あのときはそのことを、ほんの一瞬しか心に留めなかった。かき立てられた欲望の前に、いつまでも考えている余裕はなかったのだ。だが、彼女は久しく愛の営みから遠ざかっていたらしいという印象にまちがいはない。

もし問われれば、過去数年間、ダイアナは未亡人も同然だったと言ってよいだろう。むろん、夫が病身で妻を抱くことができず、彼女のほうも夫に対する忠節と愛情から、愛人を持ったりしなかったのだ。そう考えれば、まるでこれで死んでもいいと言わんばかりのあの激しさも、説明がつくというものだ。

マーカスは路上の障害物をよけるためにブレーキを踏みながら、出し抜けにののしりの言葉を吐いた。ダイアナのことを考えてばかりいないで、今していることに気持を集中しなければ。親しくさせてくれと説得することはおろか、生きて二度とダイアナに会えなくなってしまうだろう。

どうしても説得するつもりだ。マーカスは固く心に決めた。

5

ごくゆっくりとしたテンポながら、ダイアナはこの町の暮らしに自分が溶け込んでいくのがわかった。ロンドン暮らしが長かっただけに、ほとんど知らない人たちから親しげに声をかけられると、まだ奇妙な気がするが、今では少しずつ顔なじみも増え、レスリーの死に伴うつらい悲しみも過去のものになりかけていた。あれほど若くして亡くなった友人のことを思うと、これから先も心は痛むだろうが、このごろではその悲しみもやわらぎ始め、耐えられるようになってきた。

ある朝ビル・ホブスから、もういつ引っ越してきてもいいと言われたときには、わくわくする気持を抑えられなかった。作業員たちが帰ってしまったあと、ダイアナは服にほこりがつくのもかまわず、かんなくずとしっくいの粉のまじったにおいを吸い込みながら、がらんとした部屋から部屋を歩き回った。

ここはわたしの城だ……わたしのもの、わたしだけのものだ。そのうれしい気持を自分一人の胸におさめ、両腕で我が身をきつく抱きしめた。

他人を信頼して人生をともにすることはもうできないので、この家をその代わりに用いているのだ。死もこの家をわたしから奪うことはできない。望むかぎり、いつまでもわたしのものなのだ。

そのとき、突然、からだの中で何かがかすかに動くのを感じた。ほんの一瞬の小さな動きだったので、ダイアナはちょっと息を止め、気のせいかと思ったほどだ。ほかでもないこの瞬間におなかの子が動いたのは、幸先《さいさき》がよいように思えた。おかしなことだが、涙が目にしみた。

階下へ下りていくと、新しい木の香りがつんと鼻を突いた。妊娠したせいで臭覚が鋭くなったらしく、ダイアナは木の香りを心ゆくまで味わった。

あの二人の少年は、庭の雑草を抜いてみごとにきれいにしてくれた。この庭をどんなふうにするかは、まだ決めていない。子供が落ちないように、川に沿ってフェンスでも作らなければならないだろう。

ダイアナは外に出ると、少年たちが雑草の中から見つけてくれた、敷石の歩道を歩いた。

芝生の真ん中に古いりんごの木がある。まわりに木製のベンチを置いてはどうだろう。気持のよい木陰ができ、座って過ごすのにいいだろう。野菜畑は壊れかかった垣根で区切られているが、これも新しいものに取り替えなくてはなるまい。何か、つる植物を植えよう——ばらはとげがあるからだめだが、花の多いクレマチスかスウィートピーならいいかもしれない。

ダイアナは、ガラスを入れ替えた温室の方へ歩いていった。節のある古いぶどうの木が、金属の柱に巻きついている。枝を剪定《せんてい》しなくてはならない。庭仕事をしてくれるような人がいないか、近所の人にきいて探さなくては。

少年たちが取りはずせなかった屋根のガラスが、ダイアナの目に止まった。手を伸ばしてさわってみると、こちらに向かってずり落ちてきた。そのとき初めて、ひどく危険なことがわかった。

ダイアナは恐怖のあまり身動きできず、ガラスが自分の方へ落ちてくるのを立ちすくんだまま見つめていたが、突然、だれかにぐいと引っぱられた。ガラスが地面に落ち、がちゃんという音が聞こえたが、しっかり抱きしめられていたために、その音もにぶくしか聞こえなかった。

「だいじょうぶかい？」あの男のしゃがれた声が、からだじゅうに響いた。

いったいマーカスはどこから姿を現したのだろう？　彼のやって来た気配はまったく感じなかった。たった今味わった恐怖にショックを受け、ダイアナは気を失いそうだった。そうはなるまいとしながら思わず小さなうめき声をあげると、マーカスの両腕に力の入るのを感じた。

「ダイアナ、だいじょうぶだ……もう安心していい」

その声は心配そうにかすれ、あらゆる危険から守ろうとするかのように、がっしりしたからだがダイアナを支えていた。マーカスにもたれかかって目を閉じ、彼に抱かれている温かさと心地よさを味わっていたいと弱気な心が動きそうになったが、あわててそんな弱さを押しやった。

身を振りほどこうとして、一瞬マーカスが放してくれないような気がしたが、やがて彼は放してくれた。離れ際にマーカスの血の気の引いた厳しい顔が目に入り、ダイアナは今しがたの危険の大きさを知った。

思わず肩越しに振り返り、地面に粉々に砕けたガラスを見ずにはいられなかった。

「温室をこんな危険なままにしておくなんて、あのばかどもを打ちのめしてやらないと」

「ほんとにいいときに来てくださったわ」

「すべり出したガラスに太陽が当たって輝くのが見えたんだ。生まれてこのかた、こんなに速く走ったことはないよ。本当にだいじょうぶかい？」手を伸ばし、ダイアナの髪についた枯れ草を払い落としたとき、マーカスの目は、かすかながらまぎれもない腹部のふくらみに釘《くぎ》づけになった。「妊娠してるのか！」

とうとうやってきた。恐れていた瞬間がきてしまった。ダイアナはくるりと背を向けて逃げ出したかった。腹部から顔へと移動するマーカスの目に表れた、いたたまれないような表情から身を隠してしまいたかった。

「ぼくの子だね……ぼくの子供を身ごもっているんだね！」

ショックのあまりかすれたマーカスの声に、ダイアナはろうばいした。いずれ問われるだろうとは思っていたが、こんなふうに確信を持って彼が自分の子供だと決めつけるとは、思ってもいなかった。

ダイアナの口の中は、恐れと不安に乾ききっていた。おびえるあまり背筋がぞくぞくし、指先までが不安にうずいている。

「いいえ……ちがうわ、マーカス……あなたの子じゃありません……」

彼はじっとダイアナを見つめているが、きちんと見えていないような感じだ。ダイアナの否定の言葉が、まだ理解できないのだろう。

「あなたの子じゃありませんわ、マーカス」今度はもっとはっきりした声で、ダイアナはくり返した。

　やっとマーカスもしっかりと彼女を見つめた。瞳の色は濡《ぬ》れたスレートのように暗くなり、不満そうに口を結んでいる。

「いったいどういう意味なんだ？」

「言ったとおりですわ。この子は……主人の子です。この子はレスリーの子ですわ」そう言った瞬間、ダイアナは自分が本当のことを言っているように感じた。この子はレスリーの代わりに授かったような。それは友人の正体をわざと偽ることだ。だが、そうするしかなかったのだ。罪をやわらげようと、ダイアナは自分に言いわけした。マーカスにこの子が彼の子だと思わせることはできなかった——どうしてもできなかった。

「うそだ！」

　声の強さとは裏腹に、マーカスの目にはちらっと確信のなさがうかがえた。彼はもうショックから立ちなおっていたが、ダイアナには相手の考えが読み取れた。用心しなくては……しすぎるぐらいにしなくては。

「いいえ、マーカス。わたしはうそなんかついていません。あのとき……あなたとベッドをともにしたときは、妊娠してることを知らなかったんです。この子を身ごもったのはちょうど……ちょうど……レスリーの亡くなる直前だったんです」ダイアナはやっとの思いで、みじめさのあまり喉に込み上げてきた苦いものをのみ下した。

「我が身の一部をあとに遺《のこ》そうとする、瀕死《ひんし》の男の最後の試みだったというわけか。きみはご主人のベッドから、まっすぐぼくのベッドにやって来たにちがいない。それにしては、きみはもうかなり長い間、男性とベッドをともにしていないようだった。ご主人はきみに子供を授けたかもしれないが、満足は与えてくれなかったんだな」

こんな会話を続けていてはいけない。真実を言わされてしまう前に、彼を止めなくては。

「そうじゃないわ、マーカス。夫はこれ以上ないほど、わたしを満足させてくれましたわ。そして子供を授けてくれました」

どこからこんな言葉が出てくるのか、こういうことを言えば聞いている男を傷つけることができるという知恵をどうやって得たのか、ダイアナにもわからなかった。わかっているのは、きっとこれで相手が傷つくだろうということだけだった。

顔をそむけたマーカスを見ると、むかつきを覚えた。マーカスの顎の筋肉が引きつっている。ダイアナは手を伸ばして彼に触れ、苦しんでいる彼をなぐさめたい衝動に駆られた。

マーカスは本当はわたしのことが好きなのだ。しかし——わたしも学ばなければならなかったように——彼も、他人のことにのめり込むのがいかに危険かを学ぶだろう。そして最後には、わたしに感謝するにちがいない。

わたしたちの子供がわたしに感謝してくれるように？　そう思うと、苦しみのあまりからだの中が焼けつくようだった。わたしは、なんということをしているのだろう！　子供に父親のことを知る権利を与えまいとしているのだ。

「ダイアナ」

「ホテルへ戻りますわ、マーカス。ちょっと疲れたので」

「ずいぶんそっけないんだな」マーカスはやり場のない怒りと戦いながら、ダイアナをなじった。「しかし、ぼくに抱かれていたときは、それほど冷たくはなかったじゃないか」

彼がわざと苦しめようとしていることはわかっていたが、ダイアナは顔が赤らむのを抑えることができなかった。

「それはちがいます。あれはあのときだけのことですわ」

「それじゃ、今ではぼくをなんとも思っていないというのかい？」

「ええ、なんとも」ダイアナは無理にそう言うと、その言葉が真実であるかのように顔をそむけようとした。

相手の腹立ちはわかっていたが、腕をつかまれて抱きしめられるとは思ってもいなかった。自分のからだが彼にしっかり押しつけられると、またしても胎内の新しい命がかすかに動くのがわかった。子供がまるで父親との触れ合いを求めているかのようだ。

「それじゃ、ぼくに何も感じないと言うんだね？」

傷つくかと思うほど強く唇が重ねられ、やわらかな肌に両手がくい込み、熱い唇が残酷なまでにまさぐり続けている。

ダイアナは今起こっている出来事を消し去ろうとしたが、もう一人の自分がその意思に反抗するように、いつの間にかマーカスの情熱的な抱擁にこたえていた。

なぞめいた快楽の波が押し寄せ、それが血をたぎらせてくちづけ以上のものを望ませているのを、ダイアナは感じた。

これは単にホルモンのせいだ、本当はなんの感情も抱いてはいないのだ、と自分に言い聞かせようとしたが、両手はすでに彼の首に巻きつき、まるで肌そのものがあのときの感覚を忘れずに求めているかのように、胸がせつなくうずくのだった。

いったいどれほどの時間、官能的な抱擁に身をまかせていたのか、ダイアナにもわからなかった。ただ、先に身を引いたのがマーカスのほうだということはわかっていた。彼の胸は欲望の目覚めと怒りに激しく上下していた。

「きみは臆病《おくびょう》だね、ダイアナ。ぼくと同じようにきみもぼくを求めていると、認めるだけの勇気がないんだな。たぶんきみは、ぼくが思っていたような女性ではないんだろう」マーカスは歩き出したが、数メートルばかり行くと振り返り、そっけない口調で言った。「ぼくが欲しくなったら、居場所はわかっているね？」

そう言ってマーカスは行ってしまった。あとに残されたダイアナは、これまでにこれほど何もかも失ったような気分を味わったことはなかった。

ほとんど知らない男性に対して、これほど激しい感情を抱けることもショックだった。でもあの男はわたしの子供の父親なのだと、ダイアナはつらいながらも自分に言い聞かせた。マーカスを呼び戻し、わかってほしいと言いたかった。しかし、何をわかってほしいと言うのか？　彼を失うのがこわくて、身をまかせられなかったとでも？　彼の関心と友情は欲しいが、子供に関する事実は認めることができないとでも？　いや、すっかり別れてしまったほうがいいのだ。結局、そのほうが楽だ。

それまでの気持の反動とみじめさに震えながら、ダイアナは家の中に戻った。にわかに、この家に託していたあらゆる喜びが色あせてしまった。ここに一人で暮らしてゆくことに、もうなんの楽しみも抱けない。今はただ、マーカスに荒々しくくちづけされてからだがうずいていること、子供のこと、そしてこの子は父親のないことをどう思うだろうということしか考えられない。

いったい運命はどうしてわたしを、よりによってこの町へ来させたのだろう？　なぜ、わたしとマーカスは、ある夜すれちがっただけの船のようになれなかったのだろう？

再び引っ越そうと思えば、いつでも引っ越すことはできる。しかし、そうしたくなかった。ロンドンを逃れてこちらへやって来たときのあの気力も、もうなくなってしまっていた。ここにいると安心感を覚える。マーカスに真実を見抜かれるのではないかと日々恐れていることを考えれば実に不思議だったが、すでにいちばんの難関を越えてしまったからだろう。マーカスはダイアナの妊娠を知り、彼女の話を信じたのだ。

ダイアナは腹部を見下ろした。そろそろ目立ち始めている。妊娠のことを、みんなにもはっきりと告げなくては。若くして未亡人となったのだから、亡き夫の子を身ごもっているのがうれしいと思っても当然だろう。今まで黙っていたのは流産するのではないかと心配していたためで、その危険な時期も無事に過ぎたと説明すればよいだろう。そうだ、今こそ公にするときだ。

そして、その機会は、思ったより早くやってきた。午前中の精神的なショックが尾を引いて疲れていたので、午後はホテルの庭で籐《とう》椅子に腰かけてくつろぐことにした。

川岸を牧師館へ向かって歩いていたアンが、ダイアナの姿を見つけた。「おくつろぎでけっこうですこと。新しいおうちに行って、壁紙を張ったり家具を取りつけたりしてるかと思ったけど?」

「そんなことを言われても」と、ダイアナは腹部を意味ありげに軽く叩《たた》きながら答えた。「わたし一人のせいばかりじゃありませんわ」

アンが理解してくれたのが、ダイアナにはすぐにわかった。

「予定日はいつなの?」

「五カ月後ですの。今まで隠していたのは、つまり……レスリーを亡くしたあとだったので……」

「ええ、わかるわ。でもうれしいでしょ。ところで、今日は長男のことで謝りに来たのよ。マーカスが今朝、厳しく息子を叱《しか》ったの。お宅の温室を危ないままにしておいたなんて、知らなかったわ」

「わたしも、あんな状態だったとは知らなくて。知っていたら息子さんたちにさわらせたりしませんでしたわ。最悪の場合を考えると、ぞっとしますもの」

「あなたって、とても冷静なのね……マーカスとちがって。兄があんなにかっとしたのを見たことがなかったわ。いつもはとても落ち着いてるのよ。そうそう、ディナーのお誘いをするつもりだったんだわ。土曜の夜はいかが？」

アンの誘いの裏に何かあることはわかっていたので、ダイアナは断りたかった。アンは仲人役にますます燃えているらしい。しかし、彼女を怒らせずに断ることができるだろうか？

「牧師さまご夫妻もいらっしゃるの。あなたに、教会の青年会に加わってほしいんじゃないかしら。いろいろな計画があるので、ボランティアを探してらっしゃるの」

これで断れば、ダイアナはどうしたって不作法と思われてしまう。それがアンのやり口だった。無邪気な表情にもかかわらず、アンはそれを百も承知なのだ。

「そういうことでしたら……おうかがいしますわ」

ダイアナは仕方なしに答えた。マーカスも来るのかと、尋ねるつもりはなかった。すでに答えはわかっているようなものだったからだ。

二人はもうしばらく話をした。アンはこれから、夏祭りの企画について話し合うため、牧師館へ行くと言う。

「わたしといっしょにいらっしゃらない？　ケイスが喜ぶわ。こういう計画を立てても、いつも彼女が一人でしょい込んでしまうものだから、とっても忙しいのよ。牧師の奥さまがどんなに多忙か、想像もつかないでしょ。一瞬も自分の自由にならないことがよくあるのよ」

アンは、自分がしていることにはなんでも他人を引き込んでしまう才能のある女性だった。無理やり牧師館の方へ連れていかれながら、この人なら第一級の校長先生になれるわと思って、ダイアナはおかしかった。

実際のところ、ミーティングはとてもおもしろかった。牧師夫人のケイス・フィールディングのほかに六人の女性が出席しており、母の会、婦人会、園芸同好会の代表者が含まれていた。ダイアナは夏祭り全体の責任者として選ばれ、必要に応じてケイス・フィールディングに報告するという義務を課せられてしまった。

「あなたのおかげで、どれだけ肩の荷が降りたことか」あとでダイアナとアンだけになると、ケイスは言った。「いろんなグループが参加していて、それぞれがほかのグループを負かそうと思ってるものだから、ちょっとくたびれるのよ。それに牧師の妻としていつも公平でいなければならないでしょ……」

「そんなことおっしゃられると、なんだか心配ですわ」

「だいじょうぶ。わたしよりあなたのほうが、きっとしっかりやれるわ」

「それに力仕事のことは心配いらないわよ……そっちのほうは男の人たちにやってもらうから。ダイアナはおめでたなのよ」アンがケイスに説明した。

「ほんと？　すばらしいじゃない！　うちなんか子供が二人とも大きくなってしまって、離れて暮らしてるから寂しいわ。せっかくの喜びをご主人と分かち合えないのはとても残念でしょうけど」

いつものことながら、話題が架空の夫のことになるとダイアナはひどくいたたまれない思いを味わった。本当は資格がないのに、多くの同情や気づかいを寄せられることに後ろめたい気がしたが、幸いケイスのほうでは、ダイアナの沈黙は気が動転して亡夫のことは話せないのだろうと思ったらしく、話題を変えてくれた。

　ずっとこんな調子で暮らしていくのだろうか？　あとになって、寝る支度をしながらダイアナは思った。

　世間をあざむき我が子をだましているというこの罪悪感を、これからも持ち続けていくのだろうか？　しかし、ほかにどうしようもないではないか？　マーカスに本当のことを言えば、子供を奪われてしまうかもしれないし、いやそれ以上に、子供は手もとに置かせてくれてもなんらかの形で自分たちの生活に入り込もうとするかもしれない。

　マーカスに対する見方は変えざるを得なくなっていた。彼は手ごろな女性であればだれでもベッドをともにするうわついたプレイボーイではなく、自分の子供を手放したりしない、責任感のある男だということがだんだんにわかってきた。

　最初のうちは、ベッドの相手にうってつけというだけでしつこく自分を追い回しているのかと思っていたが、どうやらまちがっていたような気がする。それ以上のものを求め、一人の人間として、女性として本当にわたしに好意を持ってくれているようだ。しかし、そんなことがありうるだろうか？　これまでに知っていた扱いにくい自己中心的な男性たちとはあまりにもかけ離れているので、マーカスという男が理解し難かった。身も心も彼に惹《ひ》かれているが、そんな気持を募らせるのは危険だろう。早くそんな気持は抑えなくては。わたしはただ、だれか愛する人が欲しいのだ。この人生のむなしさを満たしてくれる人が欲しい。しかし、それなら子供が満たしてくれるだろう。ほかにはだれも必要はない。

　さまざまな相せめぎ合う気持に心を乱したまま、ダイアナは眠りに落ちた。

　朝になっても気分はすっきりしなかった。罪悪感がいやな味のように口の中に残り、幸福な気持を陰らせる。

今日から室内装飾の作業が始まるので、職人たちが来る前に店に着いていたかった。早めに朝食を済ませると、ダイアナは新居まで歩いていった。

新しい木の香りがまだあたりにただよっていた。

二階の窓から職人の車の止まるのが見えたので、ダイアナは階下へ行って中へ招き入れた。白いつなぎを着た赤毛の陽気な男が、自分が〝親方〟だと自己紹介した。

「わたしはロジャー、こっちの二人は弟子のジュディとフィルです」

あらかじめ提出された壁画のスケッチにはすでにオーケーを出してあったので、三人を店舗のほうに案内して児童書のコーナーとなる場所を教えた。

「いいわ、それじゃここから始めてちょうだい。その間にほかのところを調べておくわ」

ダイアナが二階の私室へロジャーを案内すると、彼は愛想よく笑いかけた。「建物に合わせて、こちらは全体としてシンプルにということでしたね。壁と天井には薄い色でもくれんの花などどうですか」

「ぴったりね。ここには壁紙は合わないようだし、ペンキで仕上げた感じも好きなんだけど、この建物にはね」

「よくご存じで。奥さんは意志が強いんですね。うちのお客さんは、ほとんどが奥さんとは正反対ですよ」

意志が強いですって？　そのとおりかもしれないが、女手ひとつで子供を育てていくには悪いことではないだろう。

ロジャーといっしょに階下に戻ったダイアナは、あとの二人が壁画のアウトラインを描き始めたのを見つめた。塗料の強いにおいで気分が悪くなってきたので、ダイアナはその場を離れた。車でピアフォードに行き、注文してあったカーテンの出来具合でも見てきたほうがいいかもしれない。寝具や家具もどうするか、まだ決めかねていた。そういえば、あらゆる様式の複製家具専門店があるとアンが言っていた。正確な住所を聞かなくてはなるまい。とっさに思い立ち、アン一家の住む農場へ寄ってみた。

二度目のノックで出てきたアンは、ダイアナを見ると満面に笑みをたたえた。

「入ってちょうだい。元気そうじゃないの。とてもきれいよ、ねえマーカス?」アンは肩越しに呼びかけた。

帰るにはもう遅すぎた。中に入らなければならない。キッチンの暗さで顔色が変わったのをアンに気づかれないようにとダイアナは願った。よりによってなんという不運だろう! マーカスに出くわすとは思ってもいなかった。

「長居はできませんの。いつか言ってらした家具工場の住所を教えていただきたくて、お寄りしただけですから。これからヒアフォードまで行きますので」

「ほらマーカス、お兄さんの願いがかなったじゃないの。マーカスはね、母の薬を取りにヒアフォードまで行ってきてくれないかって、わたしに頼みに来たのよ。近くの薬屋さんにはない薬だし、それをのまないと母は眠れないものだから。でも農場はちょっとたいへんなことになっていて、マーカスは離れられないの。三頭の牛が子供を産んでね、わたしの主人も今向こうに行ってるのよ。そんなわけで、わたしにヒアフォードへ行ってもらえないかって言うんだけど……今日はだめなの。よその子供さんを迎えに行って、面倒を見てあげる約束をしてあるので。出かけてしまうと、約束の時間に間に合わなくなってしまうのよ」

手助けを請われて断るわけにはいかない、とダイアナは沈んだ気持で思った。アンに渡された処方箋《しょほうせん》を仕方なく受け取りながらも、後ろめたさと怒りのまじった気持を覚えた。昨日のことがあって以来、マーカスに会うのを恐れていたのだ。彼に対して思いやりのない態度をとってしまったことはわかっていた。後ろめたいだけでなく、自分がひどく卑怯《ひきょう》に思える。マーカスの母親がどんなにけなげに明るくふるまっていたかを思い出すと、なおのことそう思うのだ。

「ダイアナを巻き込む必要はない」

明るいところへ出てきたマーカスの声には、厳しさがあった。彼の姿を見て、ダイアナはびっくりした。ひげは伸びほうだい、顔も疲労にやつれ憔悴《しょうすい》していると言ってもよく、その疲れきった青白い顔の中で、瞳だけが黒っぽく見えた。

ダイアナの表情に驚きが出てしまったのだろう。マーカスは顎をさすり、顔をしかめた。

「マーカスは牛の世話でひと晩じゅう起きていたのよ」アンが言った。「新種の牛でね、兄は試験的に飼育してるのよ。ただ、毎回難産なのが悩みの種。もう三頭も死んでいるの」

「説明をありがとう。だが、ダイアナはうちの家畜には興味がないだろう。それで思い出したが、ぼくはもう戻ったほうがよさそうだ」

マーカスは、数メートル離れたところでちょっと足を止めた。ダイアナはなぜか、彼がそれ以上こちらへ近づきたくはないのだろうと思った。昨日のわたしのあんなふるまいのあとでは当然のことだろう。

ダイアナは、相反する二つの感情の板ばさみになっていることを知った。心のどこかでは、自分の拒絶をマーカスがごく当然のことのように受け取ってくれたことにほっとしていたが、一方ではあからさまに無視されたことに裏切られたような気もしていた。

マーカスはダイアナを避けるようにドアから出ていき、しばらくすると車のエンジン音が聞こえた。

「マーカスもかわいそうに。このごろは何もかもちっともうまくいかないのよ」アンはため息をついた。「本当は農場なんか継ぎたくなかったのに、兄は母のためを思って。亡くなった伯父というのがとても昔気質《かたぎ》の人だったものだから、マーカスは農場を二十世紀にふさわしいものにしようとけんめいなの。そうそう、家具工場の住所を教えてあげるわ。何もかも新しくスタートできるなんて、幸せね」

アンは地図を書いてダイアナに手渡しながら、ちょっとためらったあとできいた。

「母の薬は農場へ届けていただけないかしら？　それほど回り道でもないし……それにね、あなたに会えてとても楽しかったって、この前母が言ってたの。母は今年初めて夏祭りの準備委員会に入らなかったので、しょげてるのよ。あなたに会ったら元気が出ると思うわ」

これで断ったら、ひどく不作法に思われるだけだ。ダイアナが中庭の方へ行こうとすると、アンが呼びかけた。

「土曜日のディナー、お忘れなくね？」

家具工場はたいした苦労もなく見つかった。工房内を見て回ったあと、ダイアナは何か買い求めることにした。昔ながらのキッチン・テーブルがとても気に入ったし、戸棚にも心を惹かれていた。こんな戸棚を寝室にどうだろう。寝室とバスルームにつながっている化粧室にはたっぷりとした空間があり、ワードローブを取りつけるには充分の広さだが、これまで見てきたものよりもっと新居に合うものが欲しい。

工房内を案内してくれた男にそのことを言うと、彼はうれしそうにほほ笑んだ。

「まかせてください。お客さまのご要望にぴったり合ったものをお作りいたします。写真をお見せいたしましょう」

写真を見せられるとますます食指が動き、ダイアナは帰る前に、あつらえでワードローブを作ってもらうため、化粧室の寸法を測りに来てもらう約束をした。

ヒアフォードでは、幸い駐車場がすぐに見つかった。ダイアナはまず薬局に薬を取りに行き、カーテンの出来具合を見に行った。もう完成間近だったので、室内装飾が済み次第、部屋にかけられそうだ。

帰り道、畑で人々が農作業をしているのが見えた。天気がよいので農民たちは二毛作をするつもりらしく、すでに刈り取られている畑もあった。

農作業は重労働だ。ダイアナにもそのたいへんさが少しずつわかりかけてきた。マーカスのあの憔悴してげっそりした顔を思い出したが、罪悪感がまた込み上げてきて、思い出さなければよかったと思った。こんな気持を抱くのはやめなくてはいけない。後ろめたく思うことなど何もないのだ。

それとも、あるのだろうか？

6

ホワイトゲイツ農場の周辺には、人の姿はなかった。マーカスのランド・ローバーが庭に止まっていたが、ほかに車はなくがらんとしていた。

マーカスと顔を合わせると思うと緊張しながら、ダイアナは薬を持って車から降りた。ためらいがちにノックすると、家政婦のミセス・ジェンキンズがドアを開けて笑顔で迎えてくれた。

「まあ、ちょうどよかった！　ミセス・サイモンズにお茶をいれて差し上げるところでしたの。ごいっしょに召し上がってくださいな。奥さまもお喜びになりますわ。さあどうぞ」

ジェイン・サイモンズは、車椅子のままパティオに出ていた。ダイアナを見ると、ようこそとほほ笑みかけた。

「暑い一日だったでしょう。夕方の風に当たって涼もうかと思って。お茶を飲む時間はおあり？」

ダイアナは断れなかった。落ち着いた笑顔ではあったが、老婦人の目に寂しさが見えたからだ。

「ええ、もちろんですわ。実は誘っていただいて喜んでいますの。アンからお聞きかもしれませんけど、わたし今年の夏祭りのまとめ役になってしまったんです。どういうふうに進めたらいいのかさっぱりわからなかったんですけど、アンからお母さまに助言をいただいたらどうかと言われましたので」

厳密には本当のことを言っているわけではなかったが、ジェイン・サイモンズの顔が喜びと好奇心に輝くのを見られただけでも、うそをついたかいがあったというものだ。

「ほとんど町じゅうの人間を動員することになるの

よ。大天幕はもう予約してあるでしょうけど、何もかも用意万端整っているかどうか、調べておいて悪いことはないわ。ケイスが電話番号のリストを渡してくれるでしょうけど、あの人が持っていないようだったら、わたしが手伝ってあげますよ。古い手帳が取ってあるから、電話番号はみんな載ってるわ」

ミセス・ジェンキンズが紅茶を運んできて、話に夢中になっている二人を置いて出ていった。ダイアナはマーカスの母親といっしょにいても、不思議に居心地の悪さを感じなかった。

「アンに聞きましたけど、おめでたですってね。この前ここへいらしたあなたを見たとき、そうじゃないかと思ったのよ」

そうだったのか。ダイアナはぎくりとし、小さく身震いした。

「あなたにとってはたいへんな時期ね。赤ちゃんが生まれるという希望と、ご主人を亡くされた悲しみとで」

まただ。架空の夫のことを言われ、される資格などないのに同情をされて……。

「この家にも跡継ぎの子供がいてくれないとね。マーカスに結婚しなさいといつもアンがうるさく言っているようだし、わたしだって女の人がいてくれたらうれしいと思うわ。どんなにやさしく面倒を見てくれても、息子は仲よしの女友達の代わりにはなりませんもの。それに近ごろ、マーカスは変わりましたよ。うわの空になってしまっていて、何か悩みがあるようだけど、わたしにはわからないし。初めは農場のことかと思ったけど、もっと深刻な……個人的なことらしいの。ごめんなさいね。内輪のことなんか話して、退屈でしょ。どこまで話したんだったかしら……？」

ダイアナは話題を変え、夏祭りのことに戻るしかなかった。もっとマーカスのことを聞きたかったのに、自分でもいらだたしかった。

いったいわたしはどうしたのだろう？　レスリーを失ってからというもの、だれかに愛情を寄せることで味わう深い心の傷は負わないで済むようにと決めていたのに。

「あなた、だいじょうぶ？」

気づかわしげなジェイン・サイモンズの声で、ダイアナはもの思いから覚めた。

「だいじょうぶですわ。ただちょっと……」

「これは夢じゃないって、確かめているのね。わたしも同じだったわ。マーカスを身ごもったことがわかったときは、そりゃあわくわくしましたもの。初めての赤ちゃんを身ごもった経験って、ちょっとほかにはないくらいうれしいものよね。マーカスはこの農場で生まれたの。病院へ行ってる時間がなかったのよ。かわいそうに主人はおろおろしてしまって、そのときの主人の顔、お見せしたかったわ！」ジェイン・サイモンズはほほ笑みながらそっとかぶりを振ったが、やがてダイアナの表情を見ると顔色を変えた。「まあ、ごめんなさい。変なことを言ってしまって……」

「いえ……どうぞお話しください」

ダイアナはぎこちなく立ち上がった。夫のことを言われたから取り乱したのではない。マーカスが彼の父親のように我が子を見ることはなく、その子は父親の愛情を知らずに育つのだと気づいたからだが、そんなことをいったいどうして説明できるだろう？　そしてわたしは、その子から父親の愛情を奪おうとしている張本人なのだ……。

「おいとましなくては。遅くなりますので」

ダイアナはあわててパティオから出ると、ぽかんと見つめているミセス・ジェンキンズを尻目に、逃げるように車に駆け寄った。

いったいわたしはどうしたというのだろう？　異

常な行動で、さぞジェイン・サイモンズは驚いただろう。しかし、本当のことなど話せるわけがない。ダイアナは今までに出したことのないスピードで町へ戻ったが、ホテルへは行かず、店の前に車を止めた。鍵《かぎ》を持っていたし、一人になりたかったのだ。

裏口から入ってまず住まいのほうに行ってみた。約束どおり、ロジャーは伝統を固く守っていた。しっくいを塗ったばかりの壁は、濃いクリーム色の塗料のおかげで感じがやわらかくなり、梁《はり》の豪華さが強調されている。

ダイアナはゆっくり階段を下りていった。でき上がりつつある壁画を見ると、喜びのあまり一瞬息を止めた。おとぎ話に出てくるようなお城や竜、背景にはお堀にはね橋がかかっている。前景には小さな動物たちの姿が、きのこや大木の間に見え隠れしている。その小さな動物たちのひとつに指を触れたダイアナは、自分でも驚いたことに、いつの間にか泣いていた。

こんなふうににわかに動揺するのも、今までになかったことで、そのたびに驚かされる。てのひらで涙を拭《ぬぐ》いながらも、裏口からだれかが入ってきた物音に、からだをこわばらせた。

ドアが開く前に、相手がだれかはわかっていた。避けることはできないと思うと、身動きがとれなかった。マーカスも戸口で立ちつくし、その視線はダイアナの涙に濡《ぬ》れて青ざめた顔から、塗ったばかりの壁へさまよった。

「母がきみのことを心配していた。きみが気分を害するようなことを言ってしまったと……何か亡くなったご主人のことで」

「いいえ……気分を害してなんかいません。わたし……」いまわしいことに、また涙がわき上がった。

近づいてきたマーカスに抱きしめられると、しばらくは彼にもたれかかって快さを味わった。こんなことをしてはいけない。いけないことはわかっていたが、その誘惑は大きすぎた。

マーカスはダイアナが身動きするのを感じた。

「なぜいつも、ぼくを遠ざけようとするんだ？　いったいぼくが何をした？」

説明などできるわけがない。

ダイアナはかぶりを振った。「なんでもないわ……あなたのせいじゃないの……マーカス……お願いだから帰って……わたしには説明できない」

「説明しなくてもいい。つまり、罪悪感なんだろう？」その直観力に呆然《ぼうぜん》とし、マーカスは何もかも知っているのではないかとダイアナは一瞬ぞっとしたが、彼は落ち着いた口調で言葉を続けた。「ご主人が亡くなったすぐあとにぼくと愛し合ったことで、罪悪感を感じているんだね」

マーカスはなかなか放してくれなかった。両手でダイアナの二の腕をつかんでいたが、その様子にはおどすつもりはなさそうだった。

「きみの気持はわかる気がする。きみは絶望のあまりぼくとベッドをともにした。そして二度と会わないだろうと思っていた。しかしぼくらは会ってしまった。でも罪悪感なんか感じる必要はないんだよ。ぼくは今でもきみを求めている。これまでに会ったどんな女性よりも、きみが欲しい。それなのに、きみはぼくを避けている」

マーカスの言ったことは真実に近かったので、ダイアナはうろたえてしまった。

「わたしにとっては一夜限りの関係だったのよ。お考えになったことはないの？　もう一度くり返したいと思うほど、わたしがあなたに魅力を感じていないかもしれないってこと。自分だけは特別なんだと思ってらっしゃるかもしれないけど、でもわたしはもしかしたら……」

「もしかしたら、行きずりの男とでもベッドをともにする女だと言うのかい？　そうは思えない。あの夜きみを抱いたとき、きみにとっては初めての経験のような気がした。でなければ、かなり長い間、男とベッドをともにしていないような気がしたんだ。ぼくがそのことを話そうとすると、いつでもきみは逃げてしまう。何を恐れているんだ、ダイアナ？」

「たぶん、あのときと同じことをもう一度くり返すようにおどされるのを恐れているんだわ」

　マーカスの顔から血の気がうせ、口もとが怒りに引きしめられた。「本当にそんなふうに思っているのか？　いや、ぼくは信じない。きみはよくわかっているはずだ……」

「わかってるって、何を？　あなたがわたしのことを知らないように、こちらもあなたのことを知らないわ。赤の他人の二人がベッドをともにした、それだけのことよ。それにわたしは、あの夜のことは忘れたいの」

「いや、ぼくはどうしても忘れたくないね！　それに、きみはうそをついている。あの夜のことは、忘れたいと思っているのに忘れられないんだろう？」

マーカスはささやきに近い声で言う。誘惑的なその声が、忘れようとしている記憶をよみがえらせ、ダイアナを責めさいなんだ。あの夜も今と同じように、彼はやさしく官能をくすぐる声で話しかけていた。あのときの気持を思い出すと、ダイアナは突然身震いがした。

「マーカス、おかしいわ。なぜあなたがこんなことをするのかわからない」

「わからない？」マーカスはまさかといったように、あざけりのまなざしを向けた。「なるほど、それじゃ教えてあげたほうがよさそうだ」

　チャンスのあるうちに身をかわすべきだった。だがすでに彼のからだで壁に釘《くぎ》づけにされ、逃れるすべはなかった。相手のからだのほてりを感じると、意に反して肌がその誘惑にこたえていた。気持を静めようとすると、からだが硬くなるのがわかった。

「こんなふうにきみに触れたとき、どう感じたか覚えているかい、ダイアナ？　それじゃ、これは？」

指先で腕をなぞられると、震えが走った。手を伸ばしてマーカスに触れたいという、耐え難いほどの衝動を感じた。半袖《はんそで》のシャツから、両腕と日焼けした喉もとが見えている。白いシャツの襟もとにたくましい胸毛がのぞき、ダイアナは男性的な色気に身震いがした。これほど情欲をそそられて敏感に反応してしまうとは、いったいこの男にはどんな力がそなわっているのだろう？

「ぼくが欲しいんだね」

唇に言葉がささやきかけられると、からだじゅうをパニックの嵐《あらし》が吹き抜けた。

「いいえ……」その拒絶の言葉は自分の耳にも弱々しく聞こえ、説得力がなかった。

「イエス、だろう」

ダイアナは、マーカスの温かな吐息を感じた。

「ぼくたち二人がどんなにうまくいくか、証明するチャンスを与えてほしい」

ダイアナの喉は詰まり、声が出せなかった。彼の唇が、ダイアナの唇をゆっくりと愛撫《あいぶ》する。ダイアナはその愛撫をやめさせようともせず唇を開き、じらすようにまさぐる唇のやわらかな感触に、思わず身震いした。

ダイアナの心は、甘美な責め苦のみを感じていた。マーカスの首に両腕を巻きつけ、指先でうなじのやわらかな髪をなでる。ダイアナの指が触れると、それにこたえるかのようにマーカスの胸が激しく上下し、彼女の胸のふくらみはがっしりした胸板に押しつけられた。

「マーカス」ダイアナは嘆願するように彼の唇にささやいたが、それにはなんの説明もいらなかった。

唇では言えないことを、からだが語っていた。

　今すぐ彼が、たまらなく欲しかった。ホテルでのあの夜のように、彼が欲しい。ダイアナを自分のからだにもたせかけ、マーカスはブラウスのボタンを巧みにはずした。

　彼に触れられている歓《よろこ》びは、言いようのないものだった。再びくちづけをするマーカスの喉から、押し殺したような歓びのうめきが聞こえると、ダイアナの欲望が高まった。

　彼が欲しかった。両手で、唇で、肌に触れてほしかった。彼を迎え入れたかった。この男が欲しかったのだ。息づかいを荒らげて固く目を閉じたまま狂おしく抱きつくと、やわらかな喉もとを相手の目と唇の前にさらし、頭を彼の腕にもたせかけた。

　彼の焼けつくような唇に肌を愛撫され、ダイアナは激しく震えた。喉もとが脈打ち、彼は脈打っている生命力を飲み干そうとするかのように、唇をあてがった。

　彼の手と唇の感触は耐え難いほど官能的だったが、それだけでは充分ではなかった。ダイアナはそれ以上のことを求めていた。喉から絞り出すような小さなすすり泣きの声がもれると、マーカスはダイアナの欲望を理解したかのようにさらにからだを押しつけ、震える両脚の間に引きしまった腿を割り込ませた。

　彼のからだの重みに欲望は一時的におさまったものの、それも長くは続かなかった。ダイアナは訴えるようにからだをそらし、マーカスの唇が胸の頂を捜し当てて激しくキスすると、奔放な声をあげた。

「マーカス……」

「ああ……わかっている……」

　耳慣れないしゃがれた声だった。ダイアナの肌に触れた彼の両手は震えていた。

　表で車の音が聞こえ、ダイアナははっと我に返った。つらそうな小さな叫び声をあげてマーカスを押しのけると、半裸のからだをあわてておおった。

「ダイアナ……」

自己嫌悪と当惑にダイアナは胸がむかむかした。

「もう帰って、マーカス……」

その声も震えていた。

「いや、帰るもんか。なぜぼくをはねつけるのか、そのわけが知りたい。二人ともわかっているじゃないか。きみだってぼくと同じように……」

「ちがうわ！　そんなことないわ……あなたが無理やりそうさせたのよ。わたしは……」

「うそをつくのもいいかげんにしろ！　あの夜のようにぼくを欲しがっていたじゃないか」

「いいえ……ちがうわ……あなたなんか大きらい」

「なぜ？　ぼくが亡くなったご主人を忘れさせてしまうからか？　ぼくの望みを知っているかい、ダイアナ？　きみにぼく以外の男のことをすべて忘れさせたいんだ」

その声の激しさに、ダイアナは呆然とした。

「ぼくが肌に触れたときの感覚以外、みんな忘れさせたい。忘れさせたいんだ……」

「わたしが別の男の子供を身ごもっていることを、でしょ。わたしは子供に対して責任があるの。あなたと関係を持つことなんかできないわ……。お願い、これからはわたしのことはほうっておいて」

ダイアナはマーカスに背を向け、今の言葉を取り消せないように下唇を嚙《か》みしめた。

「今夜ここへ来たのは、この前のことを謝ろうと思ったからだ。しかしぼくが何をしようと何を言おうと、どうでもいいことなんだろう、ダイアナ？　きみの人生からぼくを追い出すことに決めてしまったんだからな。きみのご主人は本当にそんなことを望むだろうか？　これから先をずっと尼さんのように暮らしてほしいと望むだろうか？」

「なぜわたしがそんな生活を送ると思ったりするの？　ずいぶん傲慢《ごうまん》なのね、マーカス。わたしのことが欲しいから、わたしもあなたが欲しくて当然だなんて考えてらっしゃるのね」

「きみだってぼくが欲しいんだよ」

「ちがうわ。わたしは男の人が欲しいだけ……だれでもいいの」

「うそだ」

　もしこちらが身動きすれば、マーカスは野獣のように飛びかかってくるのではないか、という気がした。知り合ってから初めて、彼のことを恐ろしいと思った。あまりにも彼を追いつめてしまった。うっかり本音を吐いてしまいそうで、心配のあまりつい言いすぎてしまったのだ。ダイアナは口をきくこともできず、不安と苦悩に震えながら顔をそむけた。涙が込み上げ、頬をすべり落ちた。

「今日のところはこのまま帰るが、あきらめるつもりはない。きみにもわかってもらえる方法がきっとあるはずだ。人生は前向きに進むものだときみに証明できる方法がね。きみがぼくを求めていることはちゃんとわかっているんだ。きみがなんと言おうと、ふしだらな女でないことはぼくが知っている」

「なぜ……？　なぜ、わたしでなくちゃいけないの？」

「なぜかはわからない。ただわかっているのは、きみと会って以来、夜中に目を覚ましてきみを抱きたいと思わなかったことは一度もない、ということだけだ」

　マーカスの帰っていく足音を聞きながら、彼が言ったことは自分にとっても同じだと気づいた。そんなことは意識するまい、自分にも認めまいとしてきたが、真実にはちがいなかった。彼に対する本当の気持はまだ定かではないが、そんな気持はすぐにも押しつぶしてしまわなければならないことだけはわかっていた。

ただ、押しつぶすといっても決してたやすくはないことが、ダイアナにもほどなくわかった。夏祭りの男性側の責任者はマーカスだと教えられたのだ。

明日はアン夫妻と夕食をともにすることになっている。すると突然、それにふさわしい服がないのを思い出した。おなかも目立ち始めてきたので、そろそろマタニティ・ドレスを買ってもいいころだ。ディナーに欠席することさえできたらと思ったが、今さら取り消すこともできない。

ホテルへ戻って自分の部屋へ行こうとすると、女主人が近づいてきた。

「アンからのおことづてで、わざわざ車でいらっしゃらなくてもいいように、明日の晩はミスター・サイモンズが車で迎えにうかがいますからって」

ダイアナはすっかりゆううつになった。いったいアンは何をするつもりなのだろう？　受話器を取り上げて約束を取り消したかったが、そんなことはできるはずがない。アンはまた仲人役をするつもりなのだろうか？　ダイアナはいらだち、歯ぎしりしそうになった。マーカスに会うたびに、意志が弱くなっていくようだ。彼に会うたびに、本当のことを言いたくなってしまう。ときどきふと気づくと、もし本当のことを言ったらマーカスはどんな反応を示すだろうかと考えていることもある。心の片隅ではマーカスに頼りたいと思い、二人が分かち合ったあの親しい交わりにあこがれ、子供が生まれる喜びを分かち合いたいと思っていた。しかし、それは心の中のごくごく小さな一部分でしかない。事実は、相手がだれであろうとも、どんなかかわりも持ちたくなかった。レスリーを亡くした痛手があまりに大きかったために、まただれかを失う危険などとても冒せない。筋の通らない考えかもしれないが、そう思い込んでいるので今さら変えようもなかった。

あのときは何もかも忘れて激情に流され、彼と肌を重ねてしまった。心の奥底には、マーカスの手にかかればまたあのときの感情を呼び覚まされるのではないかという恐れがたゆたっている。

それを望んでいるわけではない。愛情に伴うつらさから解放された人生を送りたいのだ。

しかし、ダイアナはマーカスの子を宿していた。すでに彼女は子供を愛している。でも、これは別の問題だわ――子供を愛するのはマーカスを愛するのとちがって危険なことではないもの、とダイアナは自分に言い聞かせた。

マーカスを愛するですって？　ダイアナは身震いし、あわててその考えを押しやった。

7

マーカスは八時きっかりにやって来た。ダイムラーが駐車場に入って止まるのが、ダイアナの部屋から見えた。

車から降りるマーカスの姿に、ダイアナはどきりとした。そのフォーマルなダークスーツ姿を見ると、初めて会ったときのことが思い出され、耐えられない気がしたのだ。

ダイアナが見つめていることを察したかのように、マーカスは部屋を見上げた。ダイアナは素早く窓辺から身を引いた。

今日は新調のドレスを着た。パステルカラーのふわっとしたシルクのドレスは、その日の午後買ったものだ。

ダイアナは彼に会うために、しぶしぶ階段を下りていった。マーカスは階段のいちばん下で待っていた。笑顔はやさしかったが、それ以上のものではない。

何を期待していたのだろう？　マーカスに車のところまでエスコートされながら、ダイアナは自分に問いかけた。腕に抱き寄せられ、人前もかまわず熱いくちづけをしてほしいとでも？

ダイアナは無意識のうちに助手席のドアのところへ行ったが、マーカスが開けてくれたのは後ろのドアだった。

不思議に思いながら乗り込むと、マーカスは一人でやって来たのではないことがわかった。

美しいブロンドの女性が助手席に座っている。その女性が振り向いて笑いかけ、自己紹介をした。

「こんにちは！　わたし、パティ・デュアー。あなたのことは、アンやうちの家族から聞いてるわ」

「パティのご両親は、アンの古くからの友達でね。きみも今夜会えるだろう。パティの父上は弁護士なんだ」

パティは上を向いたかわいい鼻にしわを寄せ、無邪気ににこりとマーカスにほほ笑みかけた。二十一歳になったばかりというところだろうが、それにしても大きく目を見開いたあどけなさは、いささか芝居がかっている。マーカスの腕にからめた細いきれいな手を見て反感を覚えたことに、ダイアナは自分でも驚いた。

「わたしは今、演劇学校に行ってるの。女優になりたいって言ったらパパはかんかんだったけど、ママが賛成してくれたから助かったわ。今夜だってマーカスが連れ出してくれなかったら、家にいて落ち込んでたわ。彼ってすてき」パティはマーカスに投げキスを送ったが、ダイアナはわけのわからない嫉妬《しっと》にすっかり呆然《ぼうぜん》としていた。つい昨日まで、マーカスの関心が自分に向けられていることを嘆いていたというのに、彼がほかの女性になぐさめを見つけたのを知ると、その女性の存在が腹立たしかった。

　ようやくわたしを追いかけ回すのをあきらめてくれたのだから喜ぶべきなんだわ、とダイアナは自分に言い聞かせた。だが、そういうわけにはいかなかった。別の女性の存在に嫉妬といらだちを覚え、その女性のほっそりした姿に比べて妊娠した我が身の醜さを初めて意識した。わずか五つほどしか年がちがわないというのに、パティを見ていると自分がひどく年取ったような気がする。

　パティのあどけないおしゃべりはダイアナの知らない人たちのことばかりだったし、〝覚えているでしょ〟をやたらに連発し、マーカスがロンドンへ行ったときにデートをしたことがあるという事実を巧みにおわせた。

「この前ロンドンへいらしたときには、お会いできなくて残念だったわ。でも、あのときは仕方がなかったの。ねえ、わたしがいなくて寂しかった？」彼が返事をしないので、パティは口をとがらせ、不機嫌そうに言った。「寂しくなかったってことね。あなたってどうしようもない人だわ、マーカス。きっとグラマーな女性でも見つけて、ひと晩じゅうお楽しみだったんでしょ。この人ってほんとに浮気っぽいのよ」パティは肩越しにダイアナに話しかけた。「でも、あなただってもうご存じよね」

　今のは忠告だろうか？

「いいえ、そんな。判断できるほど親しくありませんもの」

　ミラーに映ったマーカスの皮肉っぽい表情を見ると、ダイアナは自分の顔の赤らむのがわかった。まったくなんという男だろう。なぜこんなに痛いほど意識させられ、あの日のことを思い出させられるのだろう？

　不愉快なショックはひとつではまだ不充分だと言わんばかりに、アンの家に着くとダイアナはアン夫妻の友人のやもめの男性とカップルにされてしまった。

　イアン・マイケルズは人当たりのよい男性だったが、とうに五十歳を過ぎており、話題は自分の商売のことばかりだった。ダイアナはふと気づくと、パティとマーカスのいる方にばかり視線をさまよわせていた。

　突然、両親に置き去りにされた子供のように、望みを失ってみじめな気持になった。つい昨日、一人にしておいてほしいとマーカスに言ったばかりなのに、今はそばにいてほしかった。ひねくれた態度だったが、どうしようもないこともわかっていた。マーカスのそばにいるパティの存在が、相変わらずねたましく腹立たしかった。

　イアンの話から注意をそらすたびに聞こえてくるのは、パティのおしゃべりとマーカスの慎重な受け答えばかりだった。ダイアナは自分の車で来なかったため、気分がすぐれないので先に失礼するという、あの昔からの言いわけを使うことすらできなかった。

　食事が済んで全員が客間に集まると、アンが長女に手伝わせてコーヒーをふるまった。パティはマーカスの椅子の肘掛けに挑発的な格好で腰かけている。ダイアナはちょうど真向かいに座っているので、目をそらすこともできない。

「とても疲れているみたいね」パティがダイアナに声をかけてきた。「お気の毒に。妊娠って、女性にとってすごい負担でしょ？　全責任を一人で負うなんて、わたしはまっぴら。それに、他人の子供の面倒でも見ようって男性ばかりいるわけじゃないし」

　一瞬、緊迫した沈黙が訪れたが、パティの母親がうろたえたような声で口をはさんだ。「パティ、何を言うんですか……本当にごめんなさいね。この子は考えなしに口をきくものですから」

ダイアナが結婚相手を探していると、ほかにもそんなふうに考えている人たちがいるのだろうか？

ダイアナは唇を結ぶと、立ち上がった。アンがポットにコーヒーを入れるためにキッチンへ行ってしまったので、そのあとを追った。

幸い、アンが一人でいた。

「申しわけないんですけど、もう帰らせていただきますわ。ご迷惑をおかけしたくないのでタクシーを呼びたいんですけど」

「あら、そんなことしなくていいわよ。マーカスに送らせるわ」

ダイアナはかたくなにかぶりを振った。「いいえ……ご迷惑をおかけしたくありませんので」

後ろでドアの開く気配に、マーカスかと半ば期待して振り向いてみると、戸口にはでっぷりしたイアン・マイケルズが立っていた。

「すまないが、そろそろ帰らないといけないんだよ、アン。明日の朝早く、パリ行きの飛行機に乗るんでね」

「まあイアン、ちょうどよかったわ。ダイアナも帰るって言うの。かなり疲れているようだし、ちょうどあなたの通り道だから……」

ダイアナは断りたかったが、もし断ったりすればアンはマーカスに送らせると言って聞かないだろう。それだけは避けたかった。もしダイアナを送り届けるためにマーカスが引っぱり出されたらパティ・デュアーがどんな反応を示すか目に見えていたので、イアン・マイケルズのあとについていくほかはなかった。

帰り道は、二人とも口をつぐんだままだった。イアン・マイケルズは明日からの出張のことで頭がいっぱいらしかった。彼はホテルの前に車を止めると、ドアを開けてくれた。ダイアナと同様、彼もダイアナと組まされたことをあまり楽しく思っていないようだった。

ベッドに横になって眠りが訪れるのを待ちながら、パーティが終わって家まで送り届けるとき、マーカスはパティを玄関先で降ろすだけでは済まないのではないか、といつしか考えていた。

嫉妬と落胆の激しさに、ダイアナは我ながら驚いた。わたしには嫉妬する権利などないのだ。そんな権利はまったくありはしない……そして嫉妬する理由も。マーカスのことなどなんとも思っていないのだ。なんとも？ おなかの子の父親に対して、なんとも思っていない？ 子供が大きくなっていろいろ質問を始めたら、わたしはそんなふうに答えるつもりなのか？ ママはパパのことなんかなんとも思っていなかった、とでも？

頭がひどく混乱し、それ以上考え続けることができなくなって枕に顔を埋《うず》め、ダイアナはなんとか眠ろうとした。

マーカスと顔を合わせないまま火曜日になると、きっとパティが彼を独占しているのだからわたしは喜ぶべきだ、と自分に言い聞かせた。

カーペットが届き、床に敷かれた。とてもすてきだったが、せっかくの喜びも分かち合う人がいなければたいしたことはないのに気づいた。かつてはレスリーがいたし、それ以前には家族がいた。

その日の朝、母からの手紙で、義姉が三人目の子供を妊娠中であるとの知らせを受け取ったばかりだった。

いつかはわたしも子供のことを知らせなければならないが、まだいいだろう。ダイアナは腰を下ろして返事を書き始め、たちまち便箋《びんせん》数枚を書き上げてしまったことに驚いた。ロンドンでのあわただしい生活に比べ、とても静かな田舎の生活を送っていながら、ロンドンにいるときよりもたくさん書くことがあるのは不思議だった。

手紙を書き終えてポストに入れると、夏祭りの準備に取りかかろうと思った。そのことで頭がいっぱいになれば……マーカスのことを考えなくても済む。

書籍が届くまでは、書店のほうはそれ以上することもなかった。広告は来週の新聞に出ることになっている。

大天幕を借りる予定の会社に電話をしてみると、用意万端整っているとの返事だった。

「前と同じように、発電機はそちらで用意していただけますか？」経営者が尋ねた。

ダイアナは途方に暮れてしまった。発電機のことは何も知らなかったからだ。調べてみますと相手に告げ、ジェイン・サイモンズから渡されたくわしいリストに目を通してみた。

長いリストのいちばん最後に、星印のついた〝発電機〟という文字が見つかった。この星印はどういう意味なのだろう？

もう一度リストをじっくり見てみたが、わからなかった。農場に電話をしなければならない。

窓から眺めると、外はよい天気だった。突然、家の中に閉じこもっていることにいやけがさし、電話をする代わりに車で行ってみることにした。

そうすればマーカスに会えるものね、と心の中でもう一人の自分があざけるように言ったが、ダイアナはその声を抑えつけた。もちろんマーカスに会うことはないだろう。彼だって外に働きに出ているはずだし、それに会いたくもない。彼には、パティ・デュアーがお似合いだ。

三十分後、農場の庭に車を乗り入れたとき、マーカスのランド・ローバーが止まっているのを見るとダイアナは心が揺れ動くのをどうしようもなかった。

ばかねえ、わたしも。マーカスだけでなくほかの男たちだって、ランド・ローバーを運転するに決まってるじゃないの。それに、なぜ急にこんなわけのわからない胸のときめきを感じるのだろう？　マーカスには会いたくない……そうではなかったのか？

いつもはとてもてきぱきとしたミセス・ジェンキンズが、なかなか玄関口に現れなかった。ようやく姿を見せたその顔は紅潮して何か心配事があるようだった。が、それでもダイアナを見ると、いくらかほっとしたような表情になった。

「ああ、あなたがいらしてくれてよかった。奥さまが車椅子から落ちてしまわれたんです。朝のコーヒーをお持ちして、見つけたんですよ。わたしにはどうしていいかわからなくて。お医者さまに電話したんですけど、往診にお出かけで……アンお嬢さまはヒアフォードへ行ってしまわれたし。今、マーカスさまを捜しに行ってもらってるんです。でも、わたしたち二人で力を合わせれば、奥さまを車椅子に戻せるんじゃないでしょうか」

家政婦のあとについて家の中に入りながら、ダイアナは心配そうに顔をしかめた。「そんなことをしてだいじょうぶかしら？　そのままあまり動かさないで、楽にしておいてあげられないかしら？　どこにいらっしゃいますの？」

「奥さまのお部屋に」

ジェイン・サイモンズはパティオに出るドアを開けようとして手を伸ばし、その拍子に落ちてしまったらしい。夫人は車椅子のそばの床の上に倒れたままになっていた。こめかみが切れて意識を失っていたが、そのほかにけがをしている様子はなかった。

「頭の下にそっとクッションを入れて、毛布をかけてあげたほうがいいんじゃないかしら。脳震盪《のうしんとう》を起こしているといけないから。呼吸は正常なようね。お医者さまの受付にはなんてお話しになったの？」

「事故の状況を話しまして、できるだけ早くトマス先生に連絡してほしいと」

「先生が往診中だとすると、救急車を呼んだほうがいいんじゃないかしら……」

ミセス・ジェンキンズはすっかり取り乱していたが、ダイアナの冷静な態度に安心したらしく、ようやく落ち着きを取り戻してきた。ダイアナが夫人につき添っている間に、ミセス・ジェンキンズは救急車を呼ぶために電話をかけに行った。戻ってきたとき、家政婦はダイアナのために紅茶を持っていた。

「何か変わったことは？」

ダイアナはかぶりを振った。一、二度うめき声をもらして顔を動かしたものの、意識の戻る様子はなかった。

あまりに長い間、車の音を聞きのがすまいと耳をそばだてていたので、実際に聞こえたときには空耳かと思った。が、音はだんだん大きくなり、エンジンが止まってドアが開いたのがわかると、安堵《あんど》の気持が押し寄せた。

マーカスはジーンズにチェックのシャツを着ていた。顔にも腕にも泥がこびりつき、農作業用のブーツも脱いでいなかった。

母親以外には目もくれず、そばに腰を下ろすとすぐに脈をとり、まぶたを裏返して見た。

「脳震盪を起こしただけだろう……よかった！　連絡をもらったときは、一瞬、脳卒中でも起こしたかと思った」

マーカスが話し終えたか終えぬうちに救急車のサイレンが聞こえ、同時に医者の車も到着した。

トマス医師は社交辞令は抜きにして診察に取りかかり、マーカスとほぼ同じ診断を下した。

「念のため母上を入院させたいんだが、きみはどうする？」

「先生といっしょに行きます」

立ち上がったマーカスは、ダイアナがその場にいることに初めて気づいたらしく顔をしかめた。なぜここにいるのかという表情で見つめるので、ダイアナは農場にやって来た用件を手短に説明した。

「こんなことが起きるんじゃないかと、ずっと気にしていたんだ」マーカスが心配そうな低い声で言った。「看護師を雇うように言っていたんだが、母はどうしても承知しなかったんだ。そんなことをしてもらったら、最後のわずかな自立も奪われてしまうと言ってね」

「自分を責めるものじゃないよ、マーカス」トマス医師がきっぱりと口をはさんだ。

「母の意識が戻ったとき、そばにいてやりたいんです。だれかアンに知らせてくれないか。母が意識を取り戻したら、身の回りのものがいるだろうから」

救急隊の人たちは慎重にミセス・サイモンズを担架に移している。とっさにダイアナは言った。「わたしがここにいるわ、マーカス。わたしがアンに電話をしてお話しします」

一瞬、その申し出を断られるのではないかと思って顔に血がのぼるのを感じたが、ほんのちょっとの間を置いて、彼はぶっきらぼうな口調で言った。

「そうしてもらわざるを得ないな。ミセス・ジェンキンズ一人あとを頼むわけにはいかない。意識が戻るまでぼくが母といっしょにいるからと、アンに伝えてくれたまえ」

母親の意識が戻るまでつき添うとなれば、着替えやかみそりも必要だろう。救急車へ運ばれる担架のあとからマーカスが外に出ていくと、その間にダイアナは、彼の身の回りのものを詰めてほしいとミセス・ジェンキンズに頼んだ。

五分とたたないうちにすべてが用意され、ダイアナは救急車に乗り込もうとしているマーカスの腕にバッグを押しつけた。

「だれかに迎えに来てもらうことになると思うが、

そのことはまたあとで。ダイアナ……」マーカスは何か言いたげに彼女を見つめたが、ドアはすでに閉まりかけていた。

母親の思いがけない事故に衝撃を受けたマーカスのふるまいを見て、ダイアナは、彼はなんとやさしい人なのだろうと思った。わたしもあんなふうにやさしくしてくれる人が欲しい……そんな人が必要なのだ……。

必要なものなんかないわ、とダイアナはきっぱり自分に言い聞かせた。何もありはしないのだ。

もう安心して町へ戻ってもよかった。今度の週末には新居に引っ越すつもりだし、仕事も山ほどあるのだが、なぜかここを去り難い。

ダイアナはその弱気な心を、ミセス・ジェンキンズが残ってもらいたがっているようだから残るのだ、と理屈をつけて弁護した。

ダイアナはアンに電話をかけて出来事を知らせた。初めは気がかりそうだったが、アンはとても冷静だった。

しばらくしてアンから、母親はまだ意識がなくて検査を受けていると連絡があったほかには、夜までなんの知らせも入ってこなかった。ダイアナがそろそろ帰ろうかと思って話を切り出すと、ミセス・ジェンキンズにもう少しいてほしいと言われてしまった。

残っていてもすることはなかった。どうしようかと考えていたとき、電話が鳴った。ミセス・ジェンキンズに出てもらったが、その受け答えの様子から、相手はマーカスだとすぐわかった。

「お話しになりたいそうです」しばらく話してからミセス・ジェンキンズがダイアナに告げた。

「マーカス、お母さまは……？」

「意識は取り戻した。やれやれだよ。医師の話では、どこもけがはしてないらしい。しかしひと晩入院させたいということなので、つき添うつもりだ。ちょっと、きみにお礼が言いたかったんだ。明日の朝の乳しぼりには間に合うように帰るからと、ミセス・ジェンキンズに伝えてくれないか？」

ダイアナがさらに尋ねようとする前に、マーカスは電話を切ってしまった。安堵感のあまり泣き出しそうになっている家政婦に、ダイアナは伝言を告げた。

「もう帰りますわ、ミセス・ジェンキンズ」ダイアナがやさしい口調で言うと、今度は相手も引き止めようとはしなかった。

田舎道を車で走っていくと、あたりは暗くなりかけてはいたが、日没の残光でまだ空は夕焼け色をしていた。窓を開け、ダイアナは穏やかで新鮮な空気を吸い込んだ。先ほどの心配もなくなり、ほっとした気分だった。

自分でも驚いたのは、こんなに短い間に、いかにこの地域に溶け込んだかということだった。かりにジェイン・サイモンズがマーカスの母親でなかったとしても、やはりあの老婦人のことを気づかっていただろう。

ホテルに戻ると、すでにジェイン・サイモンズの事故のニュースは知れ渡っていた。心配そうにいろいろと質問してくる女主人に、ダイアナはできるかぎり答えた。あさましい好奇心からではなく本当の気づかいから出た質問だとわかっていたからだ。

落ち着いて何かできるような気分ではなかったので、ダイアナは店へ行って中に入った。ロンドンから持ってきた荷物のうち少数のものは、まだ箱に詰めたまま物置の隅に置いてあった。

新居はすぐにも引っ越してこられるばかりになっていた。電気や水道の設備も整い、注文した寝具類はしまい込んである。ダイアナは軽そうな箱をひとつ取り上げると、二階の自室へ運んだ。

床にひざまずいて箱を開けにかかった。最初に目に入ったのは卒業の年に撮ったレスリーの写真だった。幸せそうにほほ笑んでいる。気さくで人なつこい顔をした黒いカーリーヘアの女性が映っていた。

ダイアナは寂しい気持でしばらくその写真を見つめた。以前には気づかなかったけれど、プラスチックの額が少し欠けている。レスリーは、この写真をベッド脇《わき》のテーブルに置いていたものだった――本当の自分の姿を思い出すために。そういえば病床にあったレスリーが、ダイアナに言ったことがあった。

「ここにこうして寝ている病人は、本当のわたしじゃないのよね。自分にそう言い聞かせているの。あれが本当のわたし……将来への希望に満ちた、あの写真の中の女の子がほんとのわたしなの」

レスリーの死後は写真を見ることなど耐えられなかったが、今こうして見ていると、レスリーという女性の本当の姿がはっきりとよみがえった。ダイアナは、いつしか学生時代のことを思い出していた。とても楽しかったあのころ……。

ガラスをていねいに拭《ふ》くと、窓辺に立てかけた。明日はまず、この写真のために銀製の額を買いに行こう。

ほかには、レスリーの弁護士からの手紙やスナップ写真なども出てきた。

そのとき突然、表の通りの明かりが全部消えていることに気づき、ずいぶん遅い時間になっているのを知った。腕時計を見ると、十一時を過ぎていた。

急にひどい疲れを覚え、ベッドを見ているとそこで眠りたくなった。新しい羽根ぶとんはまだ箱に入ったままだが、箱から出してベッドを整えるのに、それほど時間はかからないだろう。

ダイアナはとっさに受話器を取り上げ、ホテルの番号を回した。一回の呼び出し音でマッジ・デイヴィスが出たので、店のほうに泊まることにしたと告げた。

「でも朝食には戻りますわ。こちらには何も食べ物がないの」

その日早めに水道の栓を開けておいたので、さっとシャワーを浴びるにはまだ充分温かかった。ナイトウエアもなかったが、暖かい晩だし、ベッドも羽根ぶとんもこのうえなく心地よい。ダイアナはすぐに眠りについた。

裏口のドアをだれかが叩《たた》く音で目が覚めた。目は開けたものの自分がどこにいるのかわからず、なぜホテルにいないのだろうと不思議に思った。まだようやく夜が明けたばかりだった。閉めたカーテンを通して、淡いグレイの光が差し込んでいる。

階下のノックは、何か急を要することが起こったかのように、相変わらず続いている。ダイアナはブラウスとスカートを着け、素足のまま階段を下りてドアを開けた。

「マーカス！」

その瞬間まで、早朝の訪問客がだれか、考えてもみなかった。

「階下《した》に明かりがついていたし、カーテンが閉まっているのが見えたのでね。今、病院の帰りなんだ」

電灯に照らされたマーカスの顔は灰色にくすんで見え、目尻には疲労のため、しわが刻まれていた。

「お母さまは？」

「おかげで快方に向かってるよ。もう二、三日入院ということになりそうだがね」

マーカスは乱れた髪をかき上げたが、その様子は身も心も疲れ果てているようだった。

「コーヒーを一杯飲ませてもらえないかな？　ミセス・ジェンキンズはまだ起きていないだろうし、病院のはまずくてね」

「二階に上がって。キッチンにパーコレーターがあるわ」

狭い階段を上がっていくと、マーカスが後ろからついてくるのを、ダイアナは全身で意識した。途中まで上がったとき、おなかの赤ん坊が激しく蹴《け》った。ダイアナは突然立ち止まり、両手で腹部を押さえた。

後ろからマーカスがしゃがれた声で呼びかけた。

「ダイアナ……どうしたんだい？」

ダイアナが気を失うのではないかと心配するように、マーカスはからだを支えて自分の方へ振り向かせた。

「なんでもないの……赤ちゃんがおなかを蹴っただけ」

マーカスは、ダイアナがてのひらを当てているところまで、からだの線に沿って視線をめぐらした。薄いコットンのスカートを通し、もどかしげな赤ん坊の動きがわかった。マーカスの息をのむ気配がし、その顔からすっと血の気が引いたので、ダイアナは彼が気を失うのではないかと思った。

「いいかい……？　さわってもいいかい？」

あまりにもなれなれしい申し出に、ダイアナは一瞬呆然とした。農民として、マーカスは妊娠や出産の不思議に慣れっこになっているのではないかと思ったが、彼の目はまぎれもなく畏怖《いふ》の念に満ち、魅了されている様子だった。

マーカスが我が子に触れるのかと思うと、ダイアナのからだは小さな喜びに震え、思わず聖母のようにやさしい笑みを浮かべ、彼の手を取って腹部に押し当てた。

おなかの子はこちらの望みがわかったかのように、再び元気よく蹴った。

「新しい命の驚異だ」マーカスはダイアナの腹部から手を離し、唐突に言った。「母は死ぬんじゃないかと思った。意識が戻るのを待っている間、ずっとひどい罪悪感に悩まされ続けたよ。それにぼくがいちばん心配したのは、母は意識が戻ることを望んでいないのではないか……つまり、死にたいと思っているんじゃないかということだった」

きらめく涙を隠そうともせず、マーカスはダイアナを見上げた。

ダイアナは無意識のうちに身をかがめて、胸もとにマーカスを抱き寄せた。

いつもの二人の役割が逆になった形に、階段の上でぎこちなく立ちつくしているという事実も忘れ、今はダイアナがなぐさめてマーカスがそれを受ける側になっていた。

うつむいた彼を見つめていると、突然、ダイアナはとても深くて強い確かな感情がわき上がってくるのを感じた。あたかも、新たな力と生命が全身に流れ込んでくるような感じだった。やがてマーカスが身動きして二人のからだが離れると、そのひとときも終わった。

二人は無言のままキッチンに入った。マーカスはコーヒーをいれるのを手伝ってくれた。コーヒーがフィルターを通って落ち始めると、ダイアナはおずおずと切り出した。「よろしかったらシャワーを……」

農場へ戻ったらすぐ仕事につかなければならないだろうから、シャワーでも浴びれば少しは気分もさっぱりするだろうと思ったのだ。

「ありがたいね。ほんとにいいのかい?」

「ええ……寝室を通っていって。ドアは開いてるわ。それからタオルは戸棚よ。急げば、ちょうどコーヒーに間に合うわ」

コーヒーの用意ができてもマーカスは戻ってこなかった。ダイアナはカップに注《つ》ぎ、彼を待った……。やがて不安に駆られ、急いで寝室へ行ってみた。

マーカスはベッドに大の字に寝そべって眠っていた。ちょっとベッドに腰を下ろしたところ、疲労のあまり倒れてしまったらしい。

からだを拭いていた途中らしくまだ肌には水滴がついており、近づいてみると腰に巻いたタオルのほかに、湿ったタオルがからだの下に敷いてあった。彼は乳しぼりの時間までには戻るとミセス・ジェンキンズに伝えてほしいと言っていたが、もうすぐ午前四時になろうとしている。ダイアナは決心のつかないままその場に立ちつくしていた。彼に睡眠が必要なことは明らかだが、今起こさなければ困るだろう。

ためらいながら身をかがめたとき、その決定はダイアナの手から奪われた。彼は目を開け、じっとダイアナの顔を見上げた。視線が合い、ぼんやりとしていた目が喜びに輝いて彼女を見すえると、ダイアナの喉もとがうずいた。

マーカスは手を伸ばし、おずおずとダイアナの手首に触れてほほ笑みかけた。

「そうか、本物のきみなんだね、今度は……」

「マーカス……乳しぼりに行かないと……」

「今ぼくに必要なのはたったひとつ——きみだけだ」マーカスはかすれた低い声で言うと手首をきつく握りしめ、反射的に後ずさりしようとしたダイアナを引きとめた。

「ダイアナ、きみが欲しい。きみとこんなふうにしているところを幾度も夢に見た。ぼくを追い払わないでほしい」

「マーカス……」

「いや……何も言わないで」

マーカスはからだを起こすと、ダイアナに止める暇も与えず両腕に抱きしめた。温かな男性の肉体を身近に感じる歓《よろこ》びがあらゆる抵抗を沈黙させ、ダイアナはいつしかゆっくりとした官能的なくちづけにこたえていた。

ようやく身を離したとき、ダイアナの胸はマーカスと同じように激しく高鳴っていた。

「マーカス、農場のほうは……」

「農場がどうしたって？」

ハスキーな声で尋ねられ、からだを締めつけられると、ダイアナは自分の負けだと知った。

自分がしようとしていることは愚かなことだとわかっていたし、マーカスと愛し合うことなどもってのほかだという考えがどれほど理屈にかなっていようと彼を払いのけるほどの力はないこともわかっていた。

マーカスはダイアナをベッドに抱き上げると、じっと瞳をのぞき込んだ。そして腹部にやさしく触れ、そのふくらみを愛撫《あいぶ》した。

「赤ちゃんはいやがるかな？」

さりげなく問いかけて自分を気づかってくれたのだと思うと、ダイアナは重く沈んだ気持でいっぱいになった。彼は、どんなにかすばらしい父親になってくれただろうに。まだこれからも、だれか別の女性と結ばれて、すばらしい父親となるだろう……手を伸ばしてマーカスの顔に触れると、てのひらにくちづけされ、ダイアナの全身を歓びが貫いた。

なんとかして追い返さなくては。どうしてもそうしなくては……。しかし、彼はダイアナをベッドに横たえようとしていた。彼の姿、そしてにおい、マットレスに押し倒してくる素肌の感触は、あの夜の記憶をあまりにもまざまざとよみがえらせ、追い返さなくてはという気持をダイアナの心から締め出した。

マーカスがダイアナの服を脱がせるのに時間はかからなかったが、ようやく肌が触れ合ったとき、二人ともまだ震えていた。

どれほど深い痕跡《こんせき》が五感に刻み込まれていたか、それまでダイアナも気づいていなかった。長い間彼に触れてもらいたがっていたかのように、肌そのものが喜んで彼を迎え入れているようだった。

マーカスはダイアナの全身をくまなく愛撫し、その体型の変化をさぐり求め、豊かな胸のふくらみにやさしくくちづけをした。ダイアナは喉の奥で押し殺したような低い声をあげ、やさしさだけではもの足りないことを告げた。

ダイアナは指先にマーカスの筋肉のなめらかな手ざわりを感じ、やがてそれが愛撫に引きしまるのがわかった。女として相手を歓ばせる力があるのだと思うと、彼女は胸がいっぱいになった。

わたしの腕の中で、彼はわたしと同じように幼子さながら傷つきやすくなっているのだ。ダイアナは身震いし、そんな考えを心から締め出し、かぶりを振った。するとマーカスが頭をもたげ、やさしい声でつぶやいた。「寒いの？」

「抱いて、マーカス。抱いてちょうだい」ダイアナは両腕をきつく彼のからだに回した。

すると突然、マーカスのからだがこわばった。彼は熱いくちづけを与え、リズミカルな動きでダイアナの唇をまさぐったが、それは彼の脈打つ欲望をそのまま伝えていた。

マーカスはずっとダイアナを求めていたのだ。そしてこんなふうに彼女を抱くことを夢見ていた……。こうして抱き合っていると、ダイアナがほかの男性を愛して、その男の子供を身ごもったことも忘れられそうだった。

マーカスによって目覚めさせられたからだの奥の感覚には、抵抗するすべもなかった。彼の唇が喉もとまで下りてくると、ダイアナは発作的な歓びに全身を震わせた。胸のふくらみにくちづけされ、やわらかな胸の頂に熱い唇を感じると、歓びにおののいて思わず声をあげ、夢中でマーカスの背に爪を立てた。

二人の愛の行為には、最初のときにはなかった親密さがあった。今回はおたがいを知っていたし、ダイアナが思っていたよりもはるかに多く、二人はたがいに相手のことを覚えていた。

　ダイアナは彼の肌の感触も、その肌を唇でたどる歓びも覚えていた。彼を愛撫するすばらしさも、そして彼の男性的な反応も覚えていた。

　マーカスもダイアナの胸の感じやすさや、拒絶と歓びの入りまじった声を覚えていた。

　今またマーカスが、この前よりはさらに大胆に、やさしく満足させるようにダイアナに触れると、彼女は歓びの熱いよどみの中にからだが溶けてしまいそうな気がした。ダイアナは、マーカスが自分を抑え、己《おの》が快楽を求める前に相手に歓びを与えようとして、おなかの子供を傷つけはしないかと腹部のふくらみを気づかっているのを感じていた。

　ダイアナはそうした思いやりに感動し、ほかのことはどうでもよくなっていた。手を伸ばしてマーカスをしっかり抱きしめ、これまでうそをついていたこと、おなかの赤ん坊は彼の子だと告げたかった。

　しかしマーカスが抑制を解き放って執念に近い欲望で愛を注ぎ込んだときも、激しい快楽のうずきに身をまかせながらも、ダイアナはかろうじてその言葉を抑えるだけの分別を持ち続けた。

　彼の激しいクライマックスを感じると、ダイアナのからだも無言のエクスタシーにはじけた。彼は荒々しい勝利の叫び声で唇をふさぎながら、最後の熱いくちづけを与えた。楽な姿勢に横たえてもらうと、ダイアナは指先で彼の汗ばんだ胸板に触れ、黒い胸毛に指をすべらせた。

「外は、もう明るくなってるわ」

「三十分だけ眠ろう。そしたら帰るよ。こうなると、もっと話し合う必要があるね、ダイアナ。わかっているだろう？」

　思っていた以上にマーカスに本心を見せてしまったにちがいない。今となっては、彼を欲しいということを否定するのは難しい……わたしには彼が必要だということを。

　おもりでもつけられているかのように、まぶたが下がってきた。マーカスに引き寄せられ、ダイアナはからだを丸めた。おなかの子が足で蹴ると、マーカスは小さな動きを感じたらしく顔をしかめた。

　ちょっとの間、マーカスはダイアナが別の男の子供を宿していることをほとんど忘れていた。本当にもう帰らなくては。乳しぼりに遅れてしまうし、ダイアナの家の前に朝のこんな時間に車を止めていては、ゴシップにもなりかねない。しかし、ダイアナのそばにいたいという気持は、あまりにも強かった。

8

なぜ目が覚めたのか、ダイアナにはまったくわからなかった。ただ室内に差し込む光の感じが変わったことはわかった。窓の方を見ると、マーカスが立っている。

　服を着終わった彼は、ダイアナを起こさずに帰るつもりらしかった。ベッドに横になったままマーカスを見つめていると、教会の鐘が時を告げた。七時だ——乳しぼりに遅れてしまう。すっかり眠気が覚め、彼に話しかけようとしたとき、後ろ向きながら彼の姿勢に怒りと不信がはっきり表れているのがわかった。

　こちらに向きなおったマーカスが写真を手にして

いるのを見て、ダイアナは恐怖のあまりおじけづいた。窓辺には弁護士からの手紙も置いてあったのだが、それも読まれてしまったらしい。

「何もかもうそだったんだな？　レスリーなんていう男はいなかった……きみには夫などいなかった。全部でっち上げだ。なぜ？　なぜなんだ、ダイアナ？　なぜ未亡人になったばかりだというふりをして、ここへ来たんだ？　なぜそんなことを？」

激しい衝撃を受けて嫌悪の表情を浮かべたマーカスの目が、ナイフのようにダイアナに突き刺さった。これほどつらい気持があろうとは想像したこともなかった。その瞬間、ダイアナは彼を愛していることに気づいた。

「どうなんだ？　本当のことを言ってくれないか？」

突然、ダイアナは激しい怒りを覚えた。こんなふうにふるまってきたのも、子供を守るためだったのだ。何もかも偽ってきたのは彼のせいなのだ。やむなくうそにうそを重ねてきたのもマーカスのせいだ。

「いったいなぜ、夫がいたふりなんかしたんだ？」

やがて自分の問いに答えるかのように、彼はダイアナのからだに視線をさまよわせた。

「なんてことだ。きみに夫がいないとすれば……ぼくの子じゃないか、ダイアナ。それはぼくの子じゃないか！」マーカスは大股に近づくと、ダイアナの二の腕をつかみ、ベッドから引きずり出そうとした。

「うそをついたな。きみのおなかにいるのはぼくの子なんだ……ええ、そうじゃないのか？」

「そうよ」

二人の間に訪れた沈黙は、いやに長く思えた。それは針金のようにぴんと張りつめ、ダイアナの過敏な神経には、二人を取り巻く空気さえ緊張のあまり今にもはじけそうに感じられた。

「よくわかった。何もかも話してほしい」

「今は時間がないわ……今夜にでも……」ダイアナは時間をかせぎ、ストーリーを考えようとした。

「いや、今夜ではなく、今だ。今夜まで延ばしたら、きみは逃げてしまうだろう？　本当のことが知りたいんだ。ぼくには、それを要求する権利はあるはずだろう？　なんてことだ！　男にこんなことをする女がいるものか。勝手に父親にしてそれを秘密にしておくなんて。いったいなぜなんだ……？」

「ちがうわ。そんなんじゃないわ。妊娠するつもりなんかなかったのよ。レスリーが……」

マーカスがたじろぐのを見て、ダイアナは自制心がくずれてしまわないように下唇を噛《か》んだ。彼は腹立たしげに言った。「ちくしょう、ぼくはずっと影に嫉妬《しっと》してきたんだ……存在もしない男に。きみのおかげで地獄の苦しみを味わわされてきた。ぼくにとってどんな大きな意味を持つか、きみにわかるか？　現実のレスリーというのが……」

「現実のじゃないわ。もう過去の人よ……レスリーは死んだの……わたしのいちばんの親友だった女性。白血病で亡くなったわ。レスリーのお葬式のあと、わたしは少し気がおかしくなっていたのね。あの夜は……」

何かを思い出したように、マーカスの目が暗くなった。「やっぱり、きみはあのときが初めてだったんだね？　驚いたものだ。自分のふるまいをちょっとでも考えなかったのか？　妊娠のことだけでなく、自分の健康のことも？」

「あなたは考えたの？」

ダイアナが見つめると、マーカスの顔に血がのぼった。「あまりにもきみが欲しくて、ほかのことは考えられなかった」

「もちろん、男の人はちがうわね」

「あのとき、行きずりの関係はぼくの趣味じゃないと言ったはずだ」

「それに、パティの都合が悪かったからなのね。どんなにか欲求不満だったでしょうね。どうりで……」マーカスに激しく揺さぶられ、ダイアナは最後まで言えなかった。

「そんなことを言うのはよせ！　パティの代わりにきみを利用したわけじゃない。冗談じゃない。あの娘《こ》はまだほんの子供だ」

「ほんとかしら？　パティの話だと、あなたたちの関係はそんなんじゃなかったみたいだけど」

「いや、パティは大げさに言いたがるんだ。きみになんと言ったか知らないが、恋人同士だったことはない。話が脇《わき》へそれてしまった。なぜうそをついたのか、まだ話してくれていないね」

「はっきりしてるじゃないの。わたし自身のためにも子供のためにも新しい生活を始めたかったから、ここへ来たのよ。子供に非嫡出子という汚名を着せたくなかったし、今でもそう思っているわ」

「子供は両親の愛情を受けて育つべきだと、ぼくは思うな」

「わたしだってそう思うわ。でも両親のそろった家庭に生まれる幸せな子供ばかりいるわけじゃないわ」

「ぼくたちの子供は、そうなれるじゃないか。結婚してほしいんだ、ダイアナ。準備ができ次第なるべく早く。いいかい、どうしてもだ」

「だめよ」ダイアナはしのび寄る恐ろしい不安に、本能的に反発した。レスリーのことを話したために、以前の恐怖がまたしてもよみがえった。マーカスと結婚することはできない。愛する人を失うショックにもう一度耐え抜くことなどできない。

「自分のしようとしていることがわかっているのか？　きみはぼくたちの子供に、ふつうの幸せな家庭生活を送る権利を与えないつもりなんだ。しかもぼくがこれまでにお目にかかった、いちばん自分勝手なやり方でね」

「あなたのような立場の男性ならほとんどが、責任をまぬがれて大喜びじゃありませんの」

「たぶんね、しかしぼくはほとんどの男性の一人じゃない」

「結婚はできないわ。理由は……」

「すでにぼくたちが新しい生活を始めてしまったからだとでも？　もっとましな理由はないのかい？　なぜ父親がいないのか子供にきかれたら、なんて答えるつもりなんだ？　本当のことを言うのか、きみは？　ぼくと結婚するのを拒んだからだって。きみが言わないのなら、ぼくがはっきりと言ってやろう」

「いや……やめて……わたしの子供のそばには、あなたを近づかせないわ」

ダイアナはマーカスから強引に身を引き離してベッドから下りると、ドアの方へ駆け寄った。

わたしがどれほど彼の申し出にイエスと言いたいと思っているか、マーカスに知られてはならない。彼を愛しているし、結婚したい。子供を二人で共有したい。しかし、レスリーがだんだん消え去っていくのを見守っていたときの気持は、とうてい忘れられない。人を愛し、そして失う苦しみは忘れられるものではない。

ドアのところまで来ると、ダイアナは、ぐいと引き開けた。マーカスの何か呼びかける声が聞こえたが、ひどく自制心を失っていたためはっきりとは聞き取れなかった。階段のいちばん上に箱を積み上げていたことを忘れていたダイアナは、それにつまずきバランスを失った。

スローモーションのフィルムでも見ているように、自分のからだが落ちていくのがわかった。自分の名を呼ぶマーカスの声が聞こえ、痛みを感じ、頭が混乱し、あとは暗闇《くらやみ》に包まれた。

救急車の中で、一瞬意識が戻った。かたわらに座っているマーカスの顔は、ショックと罪悪感に青ざめていた。しかし彼のせいではなく、わたしがいけなかったのだ。ダイアナは手を差し伸べて彼にそう言いたかったが、痛みがひどくて話すことができなかった。彼女を見つめるマーカスの目には、苦悩の表情が浮かんでいた。

片手を腹部に当てたダイアナは、突然身震いした。流産してしまったらどうしよう？　目を閉じて必死に祈り、子供さえ無事だったらマーカスの望むことはなんでもします、と我知らず誓っていた。

心の中で誓いを言い終わらないうちに、また意識が遠のいてしまったが、すでに誓いは立ててしまっていた。マーカスの手に取りすがったのと同じくらいしっかりと、ダイアナはお守りのようにその誓いにしがみついた。

意識が戻り、目を開けると見知らぬベッドに寝かされていた。

「よかった……ようやく気がついたね？」

ダイアナは、かがみ込んでいる白衣の医師の顔を見上げた。

「赤ちゃんは……」

「赤ん坊というのはしっかり者でね。きみの赤ちゃんも今のところだいじょうぶだよ。しかし二、三日は入院してもらおう。用心のためにね」

目を閉じると熱い涙が頬を伝い落ち、ダイアナは思わず感謝の言葉をつぶやいた。

「マーカス……」ダイアナは自分の言葉にぱっと顔を赤らめたが、医師は気づかなかったようだ。

「ああ、病室の外で心配そうに歩き回っている男性だね。会わせてあげよう、ただし数分間だよ」

もうすっかり日はのぼっていた。ドアが開き、マーカスが入ってきた。

「ほんとに乳しぼりに遅れてしまったわね」ダイアナが話しかけると、マーカスの顔からいくらか緊張が消えた。

「だいじょうぶかい？」マーカスはベッドのそばへやって来ると、ダイアナを心配そうに見下ろした。

「子供もわたしもだいじょうぶよ」ダイアナはそう言いながら、マーカスの目に安心の表情が表れるのを見ていた。

申しわけない気持でいっぱいだった。子供に万一のことがあったとすれば、愚かにもあれほど取り乱してしまったわたしのせいなのだ。

「取り返しのつかないことになっていたらと思うと、ぞっとするよ！」彼の苦しげな声に、ダイアナの胸は痛んだ。手を伸ばしてマーカスの手を取った。

「でも何も起こらなくてよかったわ」ダイアナはまっすぐに彼の目を見つめた。「わたし、考えを変えたの。あなたと結婚するわ。ここへ運ばれてくる途中、もし子供が無事だったらあなたと結婚するって誓いを立てたの」

それまでマーカスの目に輝いていた喜びがにわかに消えた。ゆっくりした口調で話し出した彼の言葉を、ダイアナは聞きちがいではないかと思った。

「急いで結論を出してほしくはないんだ。きみに結婚を無理強いしようとしたぼくがまちがっていた。罪悪感のためにぼくと結婚する必要はないんだ」

どういう意味なのだろう？　彼は心変わりしてしまったのだろうか？　それで、わたしによく考えて結論を出すようにと言うのだろうか？　屈辱のあまりかっと顔が熱くなった。わたしは愚かだった。先ほどの彼のプロポーズは、とっさに出た礼儀上の言葉にすぎず、口にしたとたん彼は後悔し始めたのだろう。

ダイアナが拒んだときは、ひそかにほっとしたにちがいない。ところがこちらが急に考えを変えたものだから、さぞやびっくりしたのだろう。

ダイアナは急にひどい疲労と落胆を覚えた。そのときドアが開き、看護師が入ってきた。

「申しわけありませんが、今日はこのへんで。患者さんには睡眠が必要ですから」

ひとことの文句も言わずにマーカスが出ていったのには、心が傷ついた。彼は帰りたくてたまらなかったのだろう。

いったいわたしはどうなってしまったのか？　感情が、まるでヨーヨーのように上がったり下がったりしている。責任感におびえたかと思うと、次の瞬間には結婚したいと言っていたマーカスの心変わりに悲しんでいる。いったいどうして、自分の本当の望みはこうだと決められないのだろう？

わたしはマーカスが欲しい。彼を愛していると初めて気づいたときのように、その思いが心にささやきかけた。マーカスに人生の伴侶《はんりょ》になってほしい。子供の父親になってほしい。わたしはただ不安と罪悪感ゆえに、取り乱してしまったのだ。レスリーのことを知ったときの、マーカスの目に表れた不信の表情を見るのはつらかったし、ついてしまったうその重大さも思い知らされた。あんなふうに取り乱してしまったのは、身を守るためのうわべだけのジェスチャーだった。しかし、今さらマーカスに説明したところで手遅れだ。

彼の目には、ダイアナがこの世でいちばんのうそつきに映ったにちがいない。小さなひとつのうそがどんなふうに大きなうそになっていったか、わたしは彼に説明することもできずにいる。彼に何もかも話し、レスリーのことや、彼女の死をどう感じたかなどを説明したかったが、今となってはもう遅すぎた。

午前中はずっと眠り続け、昼食が運ばれてきてようやく目を覚ました。お見舞いの人たちの姿が窓から見え、自分がまったく独りぼっちであることを思い知らされた。赤ん坊が生まれても身寄りも友人もない母親など、病棟でたった一人なのではないだろうか？

新たな涙がわき上がり、あわてて拭《ぬぐ》いかけたとき、ドアが開いた。大きな花束と果物を持ったアンが入ってきた。

「マーカスが教えてくれたの。ちょうど母のお見舞いに来るつもりだったから、あなたの様子ものぞいてみようかと思って」

「わたしはだいじょうぶです。赤ちゃんもとても辛抱づよくがまんしてくれて」

「わたしは長くはいられないんだけど、母が会いに来てもいいかしらって言っていたわ。母はもう二、三日入院させられそうだし、時間をもてあましてるらしいの」

この事故についてマーカスがどう説明したのかはわからないが、アンは本当のことは知らないようだ。ジェイン・サイモンズが来てくれればうれしい。マーカスを愛していることをはっきり認めた今では、なおさらだった。

「あなたのお母さまにはお会いしたいけれど、本当にもうだいじょうぶですの？」

「心配しないで。看護師さんたちがしっかり見張ってくれてるから」アンは腕時計を見た。「もう行かなくちゃ。学校のお迎えの時間に遅れてしまうわ」

アンが行ってしまうと、病室はがらんとした感じになった。気分が落ち着かず、居心地も悪い。けがをしたからだが痛むけれど、いちばんの痛みのもとは心の中の激しい葛藤《かっとう》だった。

マーカスに拒絶されてしまったのだ。とても信じられない。情けないことだが、信じたくなかった。

これまではずっと自分をあざむいてきた。しかし本当は、人との触れ合いや愛情がなければ、わたしは生きていけない。マーカスを失った今になって初めて、自分にとって彼がどんなに大切な人かを認めることができる。

　ジェイン・サイモンズは、その日の午後遅くやって来た。とても元気そうな様子に、ダイアナもほっとした。あのときはおくびにも出さなかったが、床に倒れてじっと動かない彼女を見たときには、ミセス・ジェンキンズに劣らずぎょっとし、気も動転したものだった。

「階段から落ちたんですってね、すっかり聞きましたよ。マーカスがおなかにいるとき、やっぱりわたしも同じような目に遭って、申しわけない気持でいっぱいだったわ。それからアンも……でもその話はもう本人からお聞きでしょ。ダイアナ、昨日は本当にありがとう。ミセス・ジェンキンズはよくできた人だけど、いざというときには役に立たないのよ。もちろん、マーカスはかわいそうに自分が悪いんだって思い込んでるけど、本当にいけなかったのはわたしでしょうね。残されたわずかな手足の自由にしがみつこうと、無理をしてしまって。つい自分の能力を買いかぶってしまったのね。マーカスはつき添いをつけろって、うるさく言ってくれていたんだけど。こんなことが起こるんじゃないかって、心配してくれていたの。あの子は本当に、もうどれだけつくしてくれたか。わたしのためにいろいろ犠牲を払ってくれて……マーカスが一度婚約したことがあるのはご存じ？」

　ダイアナはうなずいた。

「わたしはそのお嬢さんには会ったことはなかったの。アメリカ人でね、ずっと都会で生活をしてきた人。結婚直前にわたしの兄が亡くなって、マーカスは農場が自分に譲られたことを知ったの。相手のお嬢さんは、農場を売ってそのお金を自分の父親の事業に投資してもらいたいと言ったらしいの。マーカスはいつも否定するけれど、わたしは考えずにはいられないのよ……わたしがいなかったら、息子は農場を継いだかしらって」

ダイアナはなんと言ってなぐさめればよいかわからなかった。「でもマーカスは、だれかに何か言われたからといってそうするような人じゃないと思いますわ」

「ええ……そう、そんな子じゃないわ。でも父親によく似ていて……思いやりのあるやさしい子でね、義務感が強いの。わたしのために農場を売るのを断ってくれたんだって思いが、どうしても拭いきれないのよ」

「それもあるでしょうけど、マーカスは農場の仕事が好きなんだと思います。それに彼は失恋で傷つくような人じゃありませんわ」

「そう……アンもそう言ったわ。マーカスはほんとに農場が好きだけど、でもずいぶん苦労もしてきたの。わたしの兄は万事やり方が昔風でね、家畜の飼育に失敗してしまったのよ。それをもう一度盛り上げるのに、マーカスは大変な苦労をしたの。家畜のほうで収入が得られるようになったのは、ほんとのこと言ってごく最近の話なのよ。マーカスが結婚してくれたら後ろめたい気もしないでしょう。女友達は何人かいたけれど、だれも本気じゃなかったのよ」

「パティ・デュアーもですか？」

ダイアナは気がとがめて頬を染めたが、言葉を取り消すにはもう遅すぎた。ジェイン・サイモンズは驚いたような顔をした。

「あら、マーカスはパティのことなんかほんの子供としか思っていませんよ。ダイアナ、おせっかいだったら、ごめんなさいね。でも、わたしの言いたいことはわかるでしょう。マーカスは一度はわたしのために彼の人生をあきらめたけど、二度とそんなことはしてほしくないの。もしあの子が……だれかと出会って……その人が農場では生活していかれない人だったら、農場は売ってほしいの。このことはアンにも話したけど、農場を売ったお金のうちわたしの取り分でアンの家の敷地内に離れを建て、マーカスが言ったようにつき添いを雇ってもいいと思って」

「まあ、そんなことなさっちゃいけませんわ！　マーカスが傷つきます」

「でも、愛する女性を失うほどは傷つかないでしょ。ねえダイアナ……わたしは目が見えないわけじゃないわ……息子があなたを見る目には気づいていたし、あなたが息子を寄せつけまいと決心していることも知ってるわ。もしそれがわたしのためなら……もしくは農場のためなら……。ロンドンの華やかな生活に慣れた若いお嬢さんには、ここの生活は寂しいにちがいないとは思うけど」

ダイアナはショックを受けた。なんということだろう！　ミセス・サイモンズは本当にそう思っているのだろうか、わたしが……。

「まあそんな……お願いですから……そんなふうにお考えにならないでください」夫人がうれしそうな微笑に口もとをゆるめるのを見て、ダイアナはぱっと目を見開いた。やっと真意がわかったという表情がダイアナの目に表れたのを見た夫人がいたずらっぽく目を輝かした。

「ごめんなさい。悪いことをしてしまって。でもあなたがあんまり堂々とマーカスをかばったから、いたずらのしがいがあったわ。ダイアナ、あの子はとてもあなたを愛しているわ。あなただってそうよね。でもそれじゃ、ご主人が亡くなってからあまりに早すぎると思っているんでしょう？　それに……」

ダイアナはそれ以上この話を続けることができず、すがりつくようにかぶりを振った。

「お願いです。わたしにはとても……」

「ごめんなさい。あなたにおせっかいを言えた義理じゃないんだけど、わたしはとても息子を愛しているし、あなたのことも同じように好きなの。でも口出しすべきじゃなかったわね」

ダイアナは唇を噛んだ。「おせっかいだなんて……ちがうんです……わたしがマーカスのことを好きではないということではなくて……」

ジェイン・サイモンズは、わかっているわよとでも言うように、ダイアナの手を軽く叩《たた》いた。

「農場のためでも……お母さまのためでもありません……。でもとにかく、マーカスは心変わりしたようなんです」

ミセス・サイモンズがため息をつくのが聞こえた。

「まさか。マーカスはそんな人間じゃありません。いったん約束を交わしたら、それを踏みにじるなんてことは」

そうなのだ。マーカスはそんな人間ではない。ダイアナが今恐れているのは、彼は本当にわたしが欲しいのではなく、子供のために結婚しようと言いに戻ってくるかもしれないということだ。そんなことはしてほしくない。

人生とはなんと皮肉なものだろう……。

9

ダイアナは翌日には退院を許された。まっすぐホテルに向かうと、マッジ・デイヴィスが母親のような気づかいを見せて出迎えてくれた。

病院からは、あと一日か二日休養のため入院するようにと言われていたが、新居の準備も整ったので引っ越したくてたまらなかったのだ。注文した書籍も届き始めていたし、アシスタント募集の広告も今週の新聞に載った。仕事が山のようにあり、何もしないで座ってなどいられなかった。家具もほとんど届いていたし、書棚も店内に取りつけられた。

新居にはその週の半ばに引っ越した。アンがどうしても手伝うと言い張り、重い箱などはいっさいダイアナに持たせなかった。

アシスタント募集の広告に対する反応には、うれしい悲鳴をあげてしまった。応募者の書類をふるい分け、そのうちの六人と面接することにした。

とても忙しい夏になりそうだ。引っ越しの手伝いに来てくれた人たちが帰ると、ダイアナは裏口のドアを閉めながら苦笑した。まず開店披露パーティ、それから夏祭り、そしてあっという間に十一月になり、すぐに出産ということになるだろう。

一日の仕事で疲れていたにもかかわらず、のんびり座っている気分ではなかったので、食事をしてから階下へ戻って新刊書の整理を始めた。

夏祭りは九月の半ばで一カ月足らず先のことだが、アンの話では夏祭りは収穫祭も兼ねるということだ。

開店披露パーティは九月の第一週の週末に予定しており、アンの提案で、母の会と婦人会が料理を受け持ってくれることになった。

初めての出産なので遅れるかもしれないと言われているが、十一月の終わりには子供が生まれる。現在六カ月だが、階段から落ちたショックを別にすれば、これほど健康だと思ったことはない。

箱から出した本は、新しい書棚のいちばん上に入れることになっていた。このところ感じ始めたじっとしていられない気持はまだ衰えを知らず、ダイアナはアルミの軽いはしごを捜した。

しばらく捜したあげく、倉庫の隅にしまい込んであったのを見つけると、ダイアナは店のほうへ持っていった。

本をかかえてはしごに上ると、それを棚に並べ始めた。

もしマーカスと結婚したら、これらすべてをあきらめなければならないだろう。それでもかまわないと思う自分に、ダイアナは驚いた。ここには生活に必要な設備は整っているし、だれかに貸してもいい。代わりに書店を経営してくれる人なら、いつでも見つかるだろう。

マーカスの妻として、当然農場を離れるわけにはいくまい。マーカスとの結婚生活はどんなだろうと想像に身をゆだねると、胸の内に小さな喜びがわき上がってくるのを感じたが、プロポーズを受け入れたときの彼の反応を思い出すと、たちまち気分も沈んでしまった。

幸せな気分は消え、代わりに絶望に襲われた。マーカスを愛することをためらったのは正しかった。仕事を終えてはしごから下りながら、ダイアナはみじめな気持で考えた。

外にはうら寂しい闇《やみ》が広がっている。マーカスは何をしているのだろうか？　もう母親も退院したから、きっとみんなで夕食をとっているにちがいない。いやそれより、まだ外で農作業中だろう。

電話が鳴って急いで受話器を取ってみると、日曜のランチに来ないかという、アンからの誘いだった。イエスと言いたかったが、きっとマーカスも来るだろうし、今は彼のほうが優位な立場にある。無理やり結婚を承諾させようとたくらんでいる、と思われるのだけは耐えられなかったので、結局断ってしまった。

ふさぎ込んでいてもなんにもならないじゃないの、とダイアナは自分に言い聞かせた。することがまだまだたくさんあるし、働いていればマーカスのことも忘れられるだろう。

寝るまでずっと仕事を読けていたが、マーカスのことを考えずにはいられなかった。やっとベッドに入っても、思い出すのはこのベッドでどんなふうに愛し合い、真実を知ったマーカスがどんなふうになじったか、ということばかりだった。架空の夫に亡くなった友人の名をつけたのは愚かなことだったが、マーカスがすぐそばに住んでいると知ったときにはろうばいのあまり、頭に浮かんだレスリーの名前をとっさに使ってしまったのだ。

それから二日後、検診の結果すべて異状なしと診断が出ての帰り道、入院してからだを休めたのがよかったにちがいないとダイアナは思った。

車の中で腕時計を見た。午後の面接開始まで、あと一時間たらずだ。全部で六人の女性に会うことになっている。テレビ局にいたときに自分より若い女性たちを使って働いていたので、人を雇うことに不安はなかった。

最初の志願者ははにかみ屋の十八歳の少女で、長い髪に、おびえたような青い目をしていた。ダイアナは少女に硬くならないように言い、面接を始めた。

最後の志願者を送り出すと、もう六時に近かった。部屋に戻ってメモにじっくりと目を通した。だれにするかはすでに決まっていたが、もう一度確かめたかったのだ。

　七時になると、ダイアナは立ち上がって手足を伸ばした。そう、やはりわたしの判断でいい。いちばん印象の強かった女性は、パンク・ヘアとけばけばしい色の服のため、ちょっと二の足を踏まされた。しかし、こちらの質問に対する答えには知性が感じられたし、四人家族の長女で子供の扱いにも慣れていた。ダイアナが示した計算問題の答えも正確で、計算機にも頼らなかった。

　いちばん初めに面接した少女はメアリー・ホワイトという名前だった。あまりにはにかみ屋で引っ込み思案なためフルタイムで書店をまかせるのは無理だろうが、やらせればできそうだという気がした。少しはげましてあげさえすればいい……メアリーはパートタイムで雇うことにしよう――クリスマスの時期のように忙しいときには、二人くらいアシスタントが必要になるだろう。

　開店披露パーティの料理を、婦人会と母の会に頼もうというアンの提案は効を奏した。予算を奮発したため、両グループともおいしそうなメニューを考えてくれた。

　ダイアナは、お天気が持ちますようにと祈り続けた。そうすれば、招待客たちに庭へ出てもらえる。

　あの少年たちのおかげで、庭にはとてもすばらしい花壇ができ上がっていた――中には花の時期を過ぎているものもあったが、アンのアドバイスによれば、植え替えは簡単だという。アンおすすめの園芸店が町からさほど遠くないところにあるというので、一週間後にパーティを開くときには、すばらしい庭になっているだろうと希望が持てた。

　こんなふうに夢中になってあれこれ動き回っているのも、少なくともひとつにはマーカスを忘れるためだということを、ダイアナは自分で認めようとはしなかった。プロポーズに承諾の返事をして以来、彼には会ってもいなかったし、向こうから連絡もなかった。昔からよくある、男のほうでおじけづいてしまったというわけなのだろう。無意識のうちに、マーカスを理想化してしまったことがいけないのだ。彼はこの地方の名士でしかも尊敬されているので、あらゆる長所と美点をそなえた完全な人間だと、まちがった判断をしてしまっていたのだ。

　マーカスは一時的な親切心からプロポーズしたものの、その結果をよく考えて思いなおしたのだろう——だれともどんなかかわりも持ちたくないと。自分だって必死になっていたことを思えば、わたしと子供に対して責任を取りたがらない彼を責めることはできない。

　マーカスに断られたことに、これほど絶望的に心を痛めるというのもばかげている——しかし、それは事実だった。ダイアナは彼を愛していた。やっと今そのことに気づき、なんと長い間自分をあざむいてきたことかと、不思議に思うばかりだ。

　開店披露パーティの招待状はすでに発送し、もちろんアン夫妻やジェイン・サイモンズも招いてあった。パーティの当日の朝、目を覚ましたダイアナは、初めてのデートのことを考えて胸を躍らせている少女のような自分に、我ながらあきれてしまった。結局、なりゆきがなりゆきだけに、マーカスが来るとは思えなかった。

　本の卸売り業者や、こちらへ来てから新しく友達になった人たちに加えてテレビ局の人たち、それにマスコミ関係者も招いておいた。少しは宣伝になるかもしれないからだ。

　アンの家のディナーに招かれたときに着た新しいドレスは、晩夏の午後にはうってつけだった。母の会と婦人会のメンバーは約束どおり午前中にやって来て、テーブルや食器類をすっかり準備してくれた。

　招待客の第一陣は二時半に姿を見せ始め、三時半には店内がいっぱいになり、庭にまで人があふれ出た。

店内の壁画は多くの称賛を浴びせられ、招待客の目を引いた。地方紙のカメラマンはカラーで載せられないのをくやしがったが、友人の友人という客が日曜版の記者だとわかり、その記者はダイアナのことを特集記事にすることに大いに関心を持った。

「テレビ局のキャリアウーマン、片田舎の書店経営者に大変身、か。うちの読者の多くがこの〝シンプル・ライフへの復帰〟というテーマには興味を持っていますし、あなたのことを記事にすればきっと大受けですよ」

しばらくそんな話をしていると、アンとマイケルがやって来るのが見えた。

ジェイン・サイモンズもいっしょなのがわかると、ダイアナの心は沈んだ。マーカスは来ないのだろう。そうではないかと思ってはいたものの、いっぺんに気力がうせてしまった。

「ごめんなさい、遅くなってしまって」アンが謝りながらダイアナの頬にキスをした。「主人に緊急の呼び出しがあって、遅れてしまったの」

「マーカスも申しわけないとお伝えしてほしいって」と、ジェイン・サイモンズが口をはさんだ。「最後の干し草刈りで大忙しなのよ」

もっともらしい言いわけだったが、ダイアナはだまされなかった。本当に来たければ、ここへ来ているはずだ。

アンとマイケルが行ってしまうと、ジェイン・サイモンズは再び口を開く前に心の中まで見抜くような視線をちらっとダイアナに投げかけた。

「息子とあなたの間に何があったのか知らないけれど、そのためにあの子はひどくしょげてるわ。前にもお話ししたけれど、もし農場のことで……」

「いいえ……そうじゃありませんの」

「それじゃ、いったいなんなのかしら？　わたしにも話せないことなの？」

一瞬、今にも泣き出してしまいそうだった。なんと子供っぽいふるまいだろう——ダイアナは自分で自分をあざ笑った。

「ご主人を亡くしたばかりでまだ悲しいのはよくわかるけど……」

「あの……そんなんじゃありませんの……お話しすることはできませんけど、信じてください。何もありませんわ……マーカスが愛してくれればそれで。こんなお話をしたこと、マーカスにはおっしゃらないでくださいね。どんなことにせよ、わたしが彼に無理強いしていると思われるのがいちばんつらいんです……」

「だいじょうぶ。何も言いませんよ。だいいち、こんな質問をする権利なんかわたしにはなかったの。でも、あなたが気持を打ち明けてくれる気になったのがうれしくて。実はね、ダイアナ、わたしはあなたのことがすっかり好きになったのよ。だから、あなたが義理の娘になってくれたら、どんなにうれしいか。マーカスがあなたを好きだと知ったときは、大喜びしたわ。でも、なんだかあなたが息子を避けているように思えて、心配したの。ダイアナ、何かお話があるときには、マーカスの母親だということは抜きにして、わたしのところへ来てちょうだい。ご家族のいらっしゃるところが遠すぎると思うときもあるでしょ。ご主人についてはだれも知らないものだから、あなたがどんなつらい思いをしてきたか、みんなつい忘れてしまいがちだけど」

もうそれ以上耐えられなかった。テレビ局時代の同僚がワイングラスとごちそうのお皿を持って近づいてくるのを見つけたのを幸い、ダイアナは夫人に断って、そそくさとその場を離れた。

「おいしいお料理ね」友人は、スモークサーモンにかぶりつきながら言った。「それにすてきなところじゃない。でも、あなたは未亡人で、おまけにもうすぐ赤ちゃんが生まれるって、ほんと？　テレビ局にいたときは隠してたのね！」

「ほら、いろいろ事情があってね……」そっけなく肩をすくめたダイアナは、ほかの客が加わってその話題がとぎれると、ほっとため息をついた。

　昔から知っている友人を招くのが危ないことはわかっていたが、どれほどマーカスを愛しているか気づいたときからひどくみじめな気持にとらわれ、つい危険など顧みなかったのだ。

　わたし以外はだれもが楽しんでいるようだ。ダイアナは苦々しい気持で思った。新しく雇った二人も、客にまじって楽しそうに過ごしている。

　五時になると、人々は帰り始めた。

　アン夫妻とジェイン・サイモンズは、六時過ぎにいちばんあとから帰ったが、特にミセス・サイモンズは何かを心配している様子だった。

　夫人を信頼して、いろいろ打ち明けるべきではなかった。結局は相手を困らせ、当惑させてしまうことになった。

　客が帰ってしまうと、ダイアナは、〝宴《うたげ》のあと〟の気抜けで心が沈んだ。部屋から部屋へ歩き回りながらも、家の中のがらんとした雰囲気がいやだった。じっとしていられず、庭に出てみた。温室の枠にペンキを塗りなおさなくてはならない。今すぐやってしまおう、とダイアナはとっさに思い立った。そうすれば、マーカスのことを考えなくてもすむ。パーティの終わるぎりぎりまで、マーカスが来てくれることを願い続け、彼の家族の帰る間際まで、彼の心が解けることを信じていた。

　そのとき、ふと考えがひらめいた。これはつまり、わたしと結婚したくないと、マーカスなりに伝えているのではないだろうか？　はしごを取りに行こうとして、一瞬涙に目がくもる。ダイアナはいらだたしげに手で拭《ふ》き取った。泣いてどうなるというのだ？　泣いてもマーカスは戻らない。

　温室の片側を途中まで塗ったとき、背中に痛みを覚えた。ダイアナは背筋を伸ばし、痛むところをさすった。はしごが少しぐらついたかと思うと、出し抜けにからだごとはしごから引きずり下ろされ、温かな男の胸にがっしりと抱き寄せられた。

「冗談じゃない、まだわからないのか？　いったい何をしようっていうんだい？　おなかの子が欲しいんじゃなかったのか」

　マーカスだ……マーカスがとうとう来てくれたのだ！　うれしさのあまり彼の声に込められた激しい怒りにも気づかず、夢見心地の幸せに、ダイアナはただ目を閉じて温かな彼のからだに寄り添うことしかできなかった。彼のからだ、しっかりと抱きしめてくれている腕、耳もとで聞こえる声――ただその興奮に酔いしれていた。

「ダイアナ……ぼくの方を見るんだ」仕方なく目を開けたダイアナは、マーカスの怒りの表情にたじろいだ。「いったい何をするつもりだったんだ？」

　幸せの小さなシャボン玉は、はじけてしまった。

「何もするつもりじゃなかったわ。ただペンキを塗っていただけ」

「なんだって？　ただペンキを塗ってただけだって？」

　マーカスの胸が怒りに震えているのがわかった。

「しかし、医者から休養をとるように言われてただろう。注意を聞かなかったのか、それともぼくの子を身ごもっていることにあきてしまったのか？　本当にきみは……」

　青ざめたダイアナは、マーカスから身を引いた。

「ちがうわ……」なんということだろう、わたしのことをそんなふうに思っているなんて！　不快な表情がダイアナの顔に表れると、すぐさま彼の顔つきが変わった。

「すまない。あそこできみを見かけたものだから……この前あんなことがあったあとなので」

二人は離れて立っていた。彼の腕の中に戻りたいのはやまやまだったが、ダイアナには自分から動き出す勇気はなかった。ダイアナは乾いた唇を舌で湿らせた。彼はなぜわたしに会いに来たのだろう？　決心がついたのだろうか？　マーカスはいったい……？

「母がここにいるんじゃないかと思って」そのひとことで、ダイアナの希望は粉々に壊れてしまった。

「いらっしゃったけど、三十分前にアンやマイケルといっしょにお帰りになったわ」

「なんだ、ぼくを待っていると言ったのに。干し草刈りが思ったより長引いてしまったんだ」マーカスは額にしわを寄せた。

それまで気づかなかったが、彼がひどく疲れているらしいことがわかった。色あせてはいるが清潔なジーンズに、やはり色あせたシャツを着ている。出てくる前にシャワーを浴びてきたのだろう。まだ肌に石けんの香りが残っている。ダイアナはもっと身を近づけ、彼のにおいを吸い込みたくなった。

込み上げてくる涙がしみて目を閉じると、ダイアナのからだがわずかにぐらついた。

とっさにマーカスが両手でぐいと腕を支えた。

「なぜ……なぜ、ぼくとの結婚に対する考えを変えたんだ、ダイアナ？」

しゃがれた声に目を開けると、マーカスの目はさまざまな感情のまじった怒りに暗くにごって見える。ダイアナは身震いした。彼の目を見ていなければ、その声に表れたのは苦悩だと思ってしまっただろう。

「なぜそんなことが知りたいの？　とにかくもう、あなたはわたしとは結婚したくないんでしょ」

「でも、きみはぼくと結婚したいようだな、どうやら。なぜなんだ？　ぼくなんか必要ないと、あれほどきっぱり言っていたじゃないか」

「理由はもう言ったはずよ」これ以上こんな会話には耐えられなかった。しつこく問いつめられて窮地に追い込まれてしまったら、本当のことを言ってしまいそうだ――あなたを愛しているから、と。

「ああ、確かにそうだった。しかし、はたして本当のことを言ったのかい？　きみはずいぶんうそをついてきたからな。言いのがれもずいぶんあったし……ごまかしもあった。ぼくもきみのことはかなり勘ちがいしていたようだ。ご主人が亡くなったすぐあとでぼくと愛し合ったことに、きみが罪悪感を持っているのかと思った。きみを大目に見ようと努力した。きみには時間が必要なんだ、せき立てたりしてはいけないんだ、と自分に言い聞かせてね。しかしきみはずっと、ただゲームを楽しんでいただけなんだ……結局それだけのことなんだろう？」

怒りのあまりマーカスの目がぎらぎらしている。からだの奥から怒りが込み上げているのがわかるが、有効な防御の手だても思いつかないダイアナは、ただうなだれるばかりだった。

「なんてことだ、陰でさぞかし大笑いしてたんだろうな！　きみの悲しみにぼくが理解を示したことを、さぞおもしろがっていたんだろうな」

「ちがうわ！　ちがうのよ……あなたはわかっていないの。そんなんじゃないわ！」

「それじゃ、いったいなんだって言うんだ？」マーカスは激しい口調で問いつめ、ダイアナを揺さぶった。「きみがどんな人間なのか知りたくて、ぼくは気も狂わんばかりになっているんだ！」彼は嫌悪の表情で、突然ダイアナを突き放した。「きみはいったい何をたくらんでいるんだ？　ぼくに暴力を振るわせようってわけか？　今すぐにも帰らなければ、ぼくは何をするかわからない。きみがぼくにどんな思いをさせ……同情させようとしたかを思うと……まったく、きみって女は！」

苦しげなののしりがマーカスの喉の奥から吐き出されると、ダイアナの喉はひりひりと痛んだ。彼をなだめて信頼を取り戻したいのはやまやまだったが、何も言えないことはわかっていた。

頬を流れる涙にも気づかず、ダイアナは彫像のように立ちつくしたまま、帰っていくマーカスを見つめていた。

これでおしまいだ。この先、彼との結婚はあり得ない。生活をともにし、子供を共有する幸せはあり得ない。愛していることを告げずにいてよかった。それこそ最大の屈辱だ。

ダイアナはゆっくりと家の中に戻った。先ほどまでのあの元気もどこへやら、気力はうせ、今にもくずおれそうだ。二階の寝室に入ると、本当は寒くないのに身震いが出た。からだを暖め、心の中のひえびえとしたみじめな気持を追い払うには、マーカスの腕に抱かれるしかない。わたしの人生に温かさと明るさを取り戻せるのは、マーカスだけなのだ。

10

わたしには子供という生きがいがある、とダイアナは自分に言い聞かせた。ここへ越してきた当時と比べ、事態が悪くなったわけでもない。ただあのときはとても幸せで、さまざまな夢も描いていた。

だが今は、そうした夢はもうどうでもいいような気がする。夏祭りの準備も、体調がすぐれないことを理由に辞退してしまった。アンの心配そうな表情にも、ほとんど気づかなかった。亀が甲羅の中に入るように引きこもり、もうどんなことがあっても出ていきたくない心境だ。

ダイアナは何時間も椅子に座り、ぼんやりと宙を見つめていた。気力がうせ、何をする気も起こらず、そのせいで顔色は悪くなり、食欲もなくて見るからにけだるくやつれた表情になった。

アシスタントのメアリーとスージーからも、それを指摘された。奇抜な服にはでな髪型のスージーだが、彼女は母親のような気づかいを示してくれた。こんなときでなければ、なんとかダイアナに食べさせようとするスージーの試みにもなぐさめられただろう。倉庫の裏の小さなキッチンでスクランブルド・エッグを作って運んでくれたり、あるときはピザをすすめてくれたり、手作りのケーキを家から持ってきてくれたりもした。

心の奥で、なんて大人げのない、と小さな声が聞こえた。うそをついた自分をわざと罰しようとしていたのだが、そのあげくに自分と子供の健康までがおびやかされてしまっていた。とうとう苦しみに耐えきれなくなり、一日ロンドンへ行ってくると、アシスタントのスージーに告げた。スージーの心配そうな表情には気づいていたが、そんなそぶりを見せまいとした。

列車の旅は、ひどく長く感じられた。ロンドンに着くと、その騒音と街の汚さに圧倒された。ダイアナはかつてよく知っていた通りをあてもなく歩き、タクシーを拾うと目的地へ向かった。

晩夏の光の中で、墓地には花が咲き、木々には葉が茂っている。お墓参りに来ているのは、ダイアナだけではなかった。腰の曲がった老人が震える手で花をそなえているのを、ダイアナは立ち止まって見つめた。老人は涙を流している。いつしかダイアナも、もらい泣きしていた。

ダイアナは、ゆっくりレスリーの墓に向かって歩いていった。墓石は真新しく生々しかったが、この前植えたローズマリーが伸びていた。いつの日か子供をここへ連れてきて、その子を身ごもったいきさつをレスリーに話して聞かせよう。

もしそのとき子供が、ママはパパを愛していたのかと尋ねたら、正直にそうだと答えよう――愛していたが、失ってしまったと。

冷たい墓石に頭を押しつけると、無情の涙が頬を伝った。いくら泣いても、心の傷は癒《いや》されなかった。

だれかが小道を歩いてくる気配がしたが、ダイアナは動かなかった。ここでは悲しみの光景はありふれているため、だれも話しかけたり干渉したりしない。

足音が止まり、暖かな日差しが人影にさえぎられた。ダイアナは振り向いて見た。墓地はなんと寂しく、自分はなんと弱い存在なのか。そのとき、にわかに気づいた。背筋を冷たいものが走り、あわてて立ち上がろうとした。

とっさに男の手が伸びてきて、助け起こしてくれた。日差しがまぶしくて目がくらむ。ダイアナは手で目もとをおおった。地面がだんだん遠のいていくような気がする。そこにはマーカスが立っていた。

「だいじょうぶだよ、ダイアナ。もうだいじょうぶだ」

信じられなかったが、ダイアナはマーカスに抱きしめられ、子供のように揺すられあやされていた。ダイアナはすっかり身をまかせ、悲しみも罪の意識も、すべて身をよじるようなすすり泣きに込めて泣きじゃくり続けた。

いったいどれくらいそうして立ちつくしていたか、ダイアナにもわからなかった。わかっていたのは、信じられないことだったが、マーカスがそばにいて、ずっと望んでいたようにしっかりと抱きしめてくれて、髪をなでながらやさしいなぐさめの言葉をささやいてくれていることだけだった。ダイアナは、涙に濡《ぬ》れた顔を上げた。

「どうして……どうしてここだってわかったの？」

マーカスは口もとをやわらげ、真剣な顔でかすかにほほ笑んだ。「きみが前にここへ来たことがあると言っていたのを思い出したんだ。きみの弁護士に連絡を取って住所を教えてもらった。アンがきみに会いに行ったら、アシスタントのスージーが、ずいぶん心配していたそうだ。ぼくは母と妹から、ろくでなしだとさんざんこき下ろされてしまったよ」彼が顔をしかめながらとても落ち着いた口調でつけ加えたので、ダイアナは初め、聞きちがえたのかと思ったほどだった。「きみはぼくのことを愛していると母から聞いたが、本当かい？」

ダイアナの目に表れたショックとためらいを見て取ったのだろう、彼はダイアナの両手を取り、きつく握りしめた。

「言いのがれはしないでほしい……うそもつかないでほしい。今度だけはぼくを信頼して、本当のことを言ってくれないか」

「ええ……本当よ」

はっきり認めてしまうと、罪の重さが心の中から消えていくのを感じた。もうこれで、たとえ何が起ころうとも、わたしが彼を愛していること、二人の子供が大切だということだけはわかってもらえるだろう。

ダイアナはごくりとつばをのみ込み、マーカスを見つめた。彼に顔をあおむかせられ、無理やり視線を合わせせられるまでは、自分から彼の顔を見ることはできなかった。

マーカスの愛と情熱のこもった激しいまなざしに、からだじゅうが焼けつくような気がした。「きみの口から、そう言ってもらえるなんて思わなかったよ」彼の声は感動のあまり震えていた。「ぼくはきみを、とても愛している……初めて会ったときから……初めてきみに触れたときから」

「でも、この前会ったときは……ずいぶん怒ってらしたわ……」ダイアナが思わず身を震わせると、マーカスはなぐさめるように手を触れた。

「そのことはあとで話そう。今は、きみに言ったことを謝りたいんだ。ぼくはつらさのあまり、どうかしていた。きみのいない人生にはとても耐えられないから、結婚を申し込んだ。ところがきみは、恐ろしい体験の最中に誓いを立ててしまったから、ぼくと結婚してもいいと言った。それを聞いて、ぼくがどんな気持だったかわかるかい？　きみにとって、ぼくは大切ではないんだと思った……」彼はかぶりを振り、感情の激しさに言葉がとぎれた。「結婚してほしいんだ、ダイアナ。ぼくといっしょに暮らしてほしいんだよ。そして……」

「あなたの奥さまになるのね？」ダイアナは、彼の代わりに言葉を続けた。「もちろん、喜んで……わたしの大切なマーカス」ダイアナは、彼の腕の中に飛び込み、積もり積もった情熱を込めてくちづけをした。

ダイアナの唇に触れてマーカスが驚き、やがてそれにこたえ始めたのがわかった。次はマーカスのほうがくちづけをする番だった。彼は温かな手でもどかしげにダイアナのからだに触れ、不満そうに小さな声をもらし、ダイアナの中に目覚めた欲望を静めようと、からだを押しやった。

「ここできみを抱くわけにはいかないからね」マーカスはくぐもった声で言った。「きちんと結婚するまでは、たとえどこであっても、きみを抱くことはできない。さっそく、結婚許可証をもらおう。どうだい？　こんなに急な話でも、ぼくのものになる勇気はあるかい？　そうだね、三日後にでも？」

なんの勇気がいるというのだろう？　それに、ぼくのものになるだなんて……初めて会ったとき、もう彼のものになってしまったではないか？

「三日後ですって？　そんなに長くかかるの？」

「楽な船出というわけにはいかないよ。いろんなうわさも出るだろうし」

「それに、お母さまやアンに本当のことを話さないと」ダイアナが口をはさんだ。「お母さまはきっと赤ちゃんをかわいがってくださるでしょうけど、この子があなたの子供だということも、お母さまに知っていただきたいし」

「きみが何か言うたびに、ぼくはますますきみが好きになるよ」マーカスはしゃがれた声で言いながら、ダイアナにくちづけをした。

二人は三日後にロンドンで、だれにも知らせずひそかに結婚した。マーカスは、そもそものなれそめのホテルに部屋をとってあった。ダイアナはルーム・ナンバーを見て思わず笑った。「特別に頼んだんだよ」とマーカスが打ち明けた。

ホテルの部屋から、マーカスは母親に電話をかけた。わたしのものだと言わんばかりに寄り添って座ったダイアナの豊かな胸のふくらみを、彼の手がやさしく愛撫《あいぶ》している。

「なんですって？　結婚したの？　まあ、驚いた……」マーカスは母親のうれしそうな受け答えがダイアナにも聞こえるよう、受話器を耳から離して手に持った。

「世にも短いハネムーンを過ごして、明日の晩遅く戻るよ」とマーカスは続けた。「母がきみと話したいそうだ」彼はダイアナに受話器を渡した。

「まあ、ダイアナ、ほんとにうれしいわ。息子はあなたのことを愛してるって、わたしは言ったでしよ？　あなたも赤ちゃんも、家族として喜んでお迎えするわよ」

ダイアナは深いため息をついた。このことでたやすく切り抜ける方法はなかった。

「わたしたち二人の子供ですわ。おなかの子の父親はマーカスですの……長くなりますから、いずれゆっくりお話しします。でも事実だけは知っておいていただきたくて」

一瞬の沈黙があった。義母に顔を合わせるまで本当のことは言わなければよかったと思ったが、願ってもないチャンスに思えたので、とっさに飛びついてしまったのだ。

「まあ……」ジェイン・サイモンズのかすれた声は、思いやりと理解に満ちていた。「それを聞いてどんなにかうれしいわ」

ダイアナは、受話器をマーカスに返した。「お母さまに話してしまったわ」

「この部屋には、大切な意味があることはわかるだろう」三十分後、夕食を届けに来たウエイターがシャンパンとアイス・ペールを置いていくと、マーカスが言った。

ダイアナはいたずらっぽく笑いかけ、腹部をそっと叩《たた》きながら明るい口調で言った。「そうね、わたしがわからなくても、この子が思い出させてくれるわ」

「レスリーのことについては、まだちゃんと話し合っていなかったね？」マーカスが穏やかに言った。「なぜきみがあんなふるまいをしたかぼくが理解したことも、まだ言っていなかった。ぼくを遠ざけておくために架空の夫を利用していたことがわかったときはショックだったし、腹立たしくてたまらなかった。いいかい、ぼくはずっとその架空の夫に嫉妬《しっと》していた。ぼくの子供でなくその男の子供を身ごもっていることや、心の中に描いていたようにきみがぼく一人だけの女性ではなく、ほかの男の妻だということが、とてもくやしかったんだ」

「あなたのためにうそをついたんじゃないの……少なくともあなたが言ったような意味のうそは」マーカスの言葉がもたらした感情のかたまりをのみ込みながら、ダイアナは告げた。「妊娠したとわかったとき、これは何かの前ぶれだと思ったの。まったく新しい人生を歩まなければならないという、しるしだって。わたしたちが再会するなんて思ってもいなかったから、子供のために架空の夫を作り上げたの……非嫡出子なんていう汚名を着せて育てたくなかったし、わたしにとってもそのほうが都合がよかったから。ヒアフォードであなたと再会したときにはすでに未亡人で通っていたし、もう後戻りはできなかった。あなたに本当のことが知られはしないか、この子があなたの子だとわかりはしないかと、それはびくびくしていたわ。なぜだかわからないけど……長くわずらっていたレスリーが亡くなったことで、感情的にも肉体的にもだれかにのめり込むということに、偏見を持ってしまったの。レスリーの身に起こったことを見て、わたしが愛する別の人にも同じようなことが起こるんじゃないかって、ひどく不安を覚えて」

「若い命が無残に消えていくのを見てたのは、さぞつらかっただろうね」マーカスは悲しげにうなずいた。「母のことで、ぼくたちもいやというほど味わったよ。自由を奪われ、車椅子がなくては生きていけない姿を見ているからね。不思議なことだが、そんなふうに、自分のことより他人のことのほうがつらく思うんだ」

「レスリーはときどきひどく落ち込むことがあったわ。いっそ死なせてほしいって言ったりして……」

「母もそうだった」マーカスは沈んだ表情で言う。「車椅子から落ちたときにはね」

マーカスの手を両手で包み込んだダイアナは、彼の手が震えているのを感じた。

「きみがぼくのことを愛していると教えてくれた母に、これからもずっと感謝するよ。そうでなければ、ぼくたちはもっと時間をむだにしていたかもしれない。母の言葉は信じられなかったが……きっとそうなんだろうと信じたかった」

「いろいろとうそをついてしまったから、あなたはさぞわたしのことを軽蔑《けいべつ》しているだろうと、そればかり考えていたわ。あなたのおっしゃる言葉は皆、それを裏づけているような気がして」

「あれは単に、失望のあまり腹を立てていただけだ。きみにすっかりだまされていたことで、プライドが傷ついたんだろう。しかしいちばん傷ついたのは、ぼくの子供を宿しているのをきみが隠していたということだ」

「それが正しいやり方だと思っていたんですもの。許してくださる？」

マーカスはダイアナの手を取り、そのやわらかなてのひらにくちづけをした。「許すことなんか何もないよ」

その夜遅く、愛の行為のあとのけだるい時間におたがいの腕をからませながら、マーカスはうっとりとしたように言った。

「あのとき、このホテルで抱いた女性が、何かとても大切な人に思えた。そして今、本当に大切な人だとわかった」感謝の気持を込めて言葉をつけ加え、ダイアナが困ったようにからだをもじもじさせると彼は笑った。「子供を身ごもっても、きみはすばらしく挑発的でセクシーなんだね、ミセス・サイモンズ」

「わたしばかりがいけないわけじゃないと思うけど、ミスター・サイモンズ」と、ダイアナもやり返した。

「でも、妊娠しているときは節制しろと言うじゃないか」マーカスはその感触を味わうようにダイアナのからだをさすり、自分の方へ引き寄せた。

「そうじゃなくて、ひかえめにということだと思ったけど」ダイアナは不明瞭《ふめいりよう》な言葉で言ったが、事実、話をするのは容易なことではなかった。それに唇が意味のない言葉をつぶやくより、もっと別のことをしたがっているときには時間のむだだった。たとえばマーカスのにおいと感触を楽しみ、寄り添った男の肉体を味わって欲望をそそられ、今度はこちらがじらし相手の欲望をそそるようなときには。

　彼の手が、そして唇が、ダイアナの喉もとや胸のふくらみを愛撫する。ダイアナはあえぎながらマーカスの名を呼んでからだを引き寄せ、もう一度あのすばらしい感覚を味わおうとした。やがて、心ゆくまで愛し合った二人は眠りに落ち、夜明け前のペールグレイの光の中で、再び愛を交わした。

「ユニークなハネムーンだったね」ロンドンからの帰り道、車の中でマーカスがからかうように言った。

　彼の冗談を聞き、二人で陽気な気分を味わうのはうれしかった。暖かな日の光で霧が晴れるように、ダイアナの不安も不信も消え去っていた。今は過去の不安も、全体のなりゆきの中で正しく理解することができる。あれは、不治の病を長くわずらった末に死を迎えた愛する友人を持った者として、ごく当然の反応だったのだ。長く暗いトンネルを抜け、明るいところへ出てきたような気分だった。

四週間後、ホワイトゲイツ農場のキッチンに立ったダイアナとマーカスは、今にも初めての夫婦げんかを始めそうだった。

「だめだ」と、マーカスはきっぱりした口調で言った。「きみの気持はわかるがね、ぼくたちの初めての子供なんだよ。きみと子供のためにも、お産のときには入院してほしい」

「でも、マーカス、お母さまもそのまたお母さまも、この農場で出産なさったのよ。だからわたしもそうしたいわ」ダイアナも、てこでも動かぬといった口ぶりで言い返した。

前の晩、ダイアナが自宅出産を真剣に考えていると話したときから、ずっと二人はそのことで口論していた。

ダイアナは地元の妊産師グループに入って自宅出産にかなりこだわっていたし、助産師からもダイアナ自身からも熱心に口説かれて、トマス医師も——このまま妊娠になんの問題もなければ——自宅出産をしてはいけない理由はないと、同意してくれたのだ。

「いいかいダイアナ、ぼくはこんなことで口論したくはないんだ」マーカスは厳しい表情で言った。「きみにとっても子供にとっても、病院がいちばんいいと思う。近代的な医療技術もあるわけだし……もし……もし、そういうものが必要になった場合には」

マーカスの意見を変えることができなかったダイアナは、その日の午後義母に不満そうに告げた。

「なんだかコンバインの機械と口論してるみたいですわ……刈り取られて脱穀され、きちんと束ねられて出されるみたいな気がして。出産というのは医療技術だけじゃなくてもっと人間的なものだということが、マーカスにはわからないんじゃないかしら」

「そうねえ、わたしにはマーカスの気持もわかるわ。でも、あなたの意見もわかるの。わたしの主人もそうだったわ、マーカスをヒアフォードの病院で産みなさいと言って」

「でも、そうしなかったんですね？」ダイアナはにこりとしながら言った。「お母さまは、いったいどうやって」

「自然の摂理がうまくはからってくれたのよ……だから心配なかったわ」

「それじゃ、わたしのときも自然の摂理がうまくはからってくれるかもしれませんわね」

自宅出産をしたいというダイアナの希望にあくまで反対するマーカスのがんこさを別にすれば、今までにこれほど幸せだったことはなかった。二人は夜ごと愛し合った。二人が望むほどの激しさはなかったが、ダイアナのからだとおなかの子を気づかいながら抱いてくれるマーカスのやさしさには、特別なすばらしさがあった。

八カ月目に入ったダイアナは、だんだん気分がすぐれなくなってきた。床からものを拾うこともほとんどできず、バス・タブに出入りするにもマーカスの手が必要だった。

結婚した直後、ジェイン・サイモンズは、二人の生活のじゃまはしないから心配はいらないと言ってくれたが、ダイアナはすぐに、それは逆ですと答えた。

「マーカスが農場で忙しくしている間、お母さまがいらっしゃらなかったらわたしは独りぼっちになってしまいますもの」きっぱりとだが愛情を込めて告げたので、二人は午後をいっしょに過ごし、マーカスが帰ってくると三人で夕食をとるという習慣ができ上がった。

マーカスが外で仕事をしない晩は、ダイアナは事務の仕事を手伝った。また週に二回は町へ行き、スージーにまかせた書店をのぞいた。今ではメアリーもフルタイムで働いており、二人ともすばらしい仕事ぶりだった。クリスマスが過ぎたら、書店の二階を借りてくれる人がいるかどうか調べるつもりだ。

ダイアナとジェインは、農場を改築するという大きなプランを立てていたが、いずれにせよ、子供が生まれるまではおあずけにせざるを得ないだろう。

二階には夫婦の部屋とは別に子供部屋も準備されていた。ヒアフォードのある店で、ベビーベッドや乳母車、それにそのほかの品も選んであったので、出産に間に合うように配達されることになっていた。

夏が終わって秋がやってくると、さわやかな日が訪れ、風の中にもすがすがしい香りがただよった。

牧童頭が言うには、今年は冬が早く訪れるとのことだったが、その言葉どおり十月の末には霜が降り、その週末には、はるか向こうのウエールズの山並みに初冠雪がのぞまれた。

十一月になると気温は急激に下がり、丘には初雪が降った。

十一月も半ばを迎えるころには、ダイアナは疲れやすくなり、いらだちを覚え始めた。座っていても横になっても気分がすぐれず、医者に診てもらうと、もう出産も近いということだった。

霜のために秋の耕作が遅れていたので、ダイアナが医者のところから戻ったときもマーカスはまだ農場で働いていた。

ようやく帰ってきたマーカスの疲れきった様子に、出産は遅れるというより早まりそうだというトマス医師の言葉は伝えずにおくことにした。

アンとマイケルが夕食に来ることになっていたので、ダイアナはマーカスに、早くシャワーを浴びて着替えるよう二階へせき立てた。

「きみもいっしょに来てくれないかな？」マーカスは、ダイアナのメイクしたばかりの顔や、からだに合う唯一のパーティ・ドレスの流れるようなラインを見ながら、にこりとして言った。

「何を言ってるの、だめよ。車の音が聞こえたから、アンとマイケルの到着よ」

「妹のやつ、いつでもすばらしくタイミングがいいんだから」マーカスはぶつぶつ言いながら階段の方へ姿を消した。

病院からの帰り道に感じた不快感は、食事の間にしだいにひどくなり、寄せては返す波のようにいつの間にか広がってくる別の痛みと相まって、最初はときどき感じるにぶい痛みだけだったものが、やがて差し迫った痛みに変わった。

コーヒーをいれようとしたダイアナが、キッチンの流しで身を折り曲げるようにして苦しんでいるのを見つけたのは、アンだった。

「マーカス！　マイケル！」アンは心配そうに男たちを呼んだ。経験のあるアンは、ひと目でその状況がわかったのだ。「ダイアナのお産が始まりそうなの」アンは二人に告げた。「マーカス、車を用意して」

「だめよ！」ダイアナはかぶりを振り、深く息を吸い込んだ。

「ばかなことを言うんじゃない」マーカスが厳しい口調で言った。「子供はここで産むと思いつめていることは知ってるが……」

ダイアナは歯をくいしばり、けなげに言った。

「病院へ行くのはもう遅いわ……そんな時間はないもの」

二人はじっと見つめ合っていたが、今でははっきりとわかる陣痛の間を測っていたアンは、きっぱりと口をはさんだ。「ダイアナの言うとおりよ」

「なんてことだ。きみにはわかっていたんだな」険しく目を細めてかたわらに立ったマーカスに、あきらめたような表情で見つめられると、ダイアナはうそをつくことができなかった。事実、ダイアナにはわかっていたのだ――病院から戻って農場に着いたときから。とうに破水が始まっており、食事の間から陣痛もすでに強まっていた。

「言い争ってる場合じゃないわ」アンが厳しい口調で言葉をはさんだ。「マイケル、人間の赤ちゃんを取り上げるのと、子牛を取り上げるのと、どのくらいのちがいがあるの?」

「それほどちがわないね」マイケルはアンに言いながら、まごついた表情のマーカスに笑いかけた。「トマス先生に電話を頼むよ。ダイアナ、二階まで行けるかい?」

ダイアナはなんとか二階へたどり着いた……そして望んでいたように自宅出産をすると思うと、心からの満足感を覚えた。

助産師とトマス医師が到着したときには、喜びのあまりうっとりした顔で娘を抱くマーカスの姿がそこにあった。

あとでようやく親子三人だけになると、マーカスは興味深げにダイアナを見つめて尋ねた。「この子を病院で産むつもりはなかったんだね? きみはがんこで意志の強い女性だ、ミセス・サイモンズ。ホテルで部屋にしのび込んできてぼくを誘惑したとき、それを知るべきだったよ」

「わたしが誘惑したですって? 言ってくれるわね」

「ぼくはそれが気に入ったんだ」

ダイアナは弱々しく笑った。「ねえ、マーカス、あなたのおかげですごく幸せよ。とても愛してるわ」ダイアナは手を伸ばしてマーカスの手を握り、眠っている赤ん坊を見つめた。「あなたからは、数えきれないほどの贈り物をいただいたわ。あなたのおかげで、わたしはまた人生や愛が信じられるようになったの。もう怖くないわ。この子の名前、なんてつけましょう?」

マーカスは眠っている我が子を見つめ、それからダイアナに視線を向けた。「レスリーはどう?」

「そうね……」

赤ん坊がかすかに身動きした。その小さな愛らしい姿を二人で見つめる喜びに、一瞬ふと覚えたダイアナの悲しみも消え去った。

人生は続き、悲しみは色あせ消えていく。それがごく自然のなりゆきなのだ。そして今、おたがいだけでなく、マーカスとわたしには愛しはぐくむ新たな生命が与えられた。わたしは数えきれないほどの贈り物をもらったのだ——ダイアナは感謝の気持でいっぱいだった。深い悲しみの中から大きな愛が芽ばえたのだ。この幸せへの感謝は、いつまでも忘れることがないだろう。

ハーレクイン®

ハーレクイン・ロマンス　1988年10月刊（R-634）

刻まれた記憶

2024年12月5日発行

著　　者　ペニー・ジョーダン
訳　　者　古澤　紅（ふるさわ　こう）

発 行 人　鈴木幸辰
発 行 所　株式会社ハーパーコリンズ・ジャパン
東京都千代田区大手町 1-5-1
電話 04-2951-2000（注文）
0570-008091（読者ｻｰﾋﾞｽ係）

印刷・製本　大日本印刷株式会社
東京都新宿区市谷加賀町 1-1-1

装 丁 者　高岡直子

表紙写真　© Alina Kulbashnaia, Tanyaaleksaflex, Irina Ukrainets, Victoria Shibut, Leklek73 | Dreamstime.com

造本には十分注意しておりますが、乱丁（ページ順序の間違い）・落丁（本文の一部抜け落ち）がありました場合は、お取り替えいたします。ご面倒ですが、購入された書店名を明記の上、小社読者サービス係宛ご送付ください。送料小社負担にてお取り替えいたします。ただし、古書店で購入されたものについてはお取り替えできません。®とTMがついているものは Harlequin Enterprises ULC の登録商標です。

この書籍の本文は環境対応型の植物油インクを使用して印刷しています。
VEGETABLE OIL INK

ISBN978-4-596-71689-7 C0297

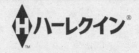

ハーレクイン・シリーズ 12月5日刊 発売中

ハーレクイン・ロマンス

愛の激しさを知る

祭壇に捨てられた花嫁	アビー・グリーン／柚野木　菫 訳	R-3925
子を抱く灰かぶりは日陰の妻 **《純潔のシンデレラ》**	ケイトリン・クルーズ／児玉みずうみ 訳	R-3926
ギリシアの聖夜 **《伝説の名作選》**	ルーシー・モンロー／仙波有理 訳	R-3927
ドクターとわたし **《伝説の名作選》**	ベティ・ニールズ／原　淳子 訳	R-3928

ハーレクイン・イマージュ

ピュアな思いに満たされる

秘められた小さな命	サラ・オーウィグ／西江璃子 訳	I-2829
罪な再会 **《至福の名作選》**	マーガレット・ウェイ／澁沢亜裕美 訳	I-2830

ハーレクイン・マスターピース

世界に愛された作家たち
～永久不滅の銘作コレクション～

刻まれた記憶 **《特選ペニー・ジョーダン》**	ペニー・ジョーダン／古澤　紅 訳	MP-107

ハーレクイン・ヒストリカル・スペシャル

華やかなりし時代へ誘う

侯爵家の家庭教師は秘密の母	ジャニス・プレストン／高山　恵 訳	PHS-340
さらわれた手違いの花嫁	ヘレン・ディクソン／名高くらら 訳	PHS-341

ハーレクイン・プレゼンツ作家シリーズ別冊

魅惑のテーマが光る
極上セレクション

残された日々	アン・ハンプソン／田村たつ子 訳	PB-398

※予告なく発売日・刊行タイトルが変更になる場合がございます。ご了承ください。

12月11日発売　ハーレクイン・シリーズ 12月20日刊

ハーレクイン・ロマンス
愛の激しさを知る

極上上司と秘密の恋人契約	キャシー・ウィリアムズ／飯塚あい 訳	R-3929
富豪の無慈悲な結婚条件 《純潔のシンデレラ》	マヤ・ブレイク／森　未朝 訳	R-3930
雨に濡れた天使 《伝説の名作選》	ジュリア・ジェイムズ／茅野久枝 訳	R-3931
アラビアンナイトの誘惑 《伝説の名作選》	アニー・ウエスト／槙　由子 訳	R-3932

ハーレクイン・イマージュ
ピュアな思いに満たされる

クリスマスの最後の願いごと	ティナ・ベケット／神鳥奈穂子 訳	I-2831
王子と孤独なシンデレラ 《至福の名作選》	クリスティン・リマー／宮崎亜美 訳	I-2832

ハーレクイン・マスターピース
世界に愛された作家たち
～永久不滅の銘作コレクション～

冬は恋の使者 《ベティ・ニールズ・コレクション》	ベティ・ニールズ／麦田あかり 訳	MP-108

ハーレクイン・プレゼンツ作家シリーズ別冊
魅惑のテーマが光る
極上セレクション

愛に怯えて	ヘレン・ビアンチン／高杉啓子 訳	PB-399

ハーレクイン・スペシャル・アンソロジー
小さな愛のドラマを花束にして…

雪の花のシンデレラ 《スター作家傑作選》	ノーラ・ロバーツ 他／中川礼子 他 訳	HPA-65

文庫サイズ作品のご案内

◆ハーレクイン文庫……………毎月1日刊行
◆ハーレクインSP文庫…………毎月15日刊行
◆mirabooks………………毎月15日刊行

※文庫コーナーでお求めください。